Jacques Berndorf (Hg.)

Tatort Eifel 2

KBV
KRIMI

Inhalt

Vorwort

Danke, dass Sie dieses Buch aufschlagen und Interesse daran zeigen. Ich versichere Ihnen, es lohnt sich. Wieder einmal haben wir in der Eifel den deutschen Kurzkrimipreis ausgeschrieben, und die sechs Besten aus deutschen Landen sind mit einer Geschichte vertreten. Das Echo auf unsere Ausschreibung war gewaltig, nahezu vierhundert Autorinnen und Autoren reichten ihre kriminalistischen Lichtblicke ein, die Besten finden Sie hier. Der Tatort Eifel zieht immer weitere Kreise, immer neue Talente steigen am Horizont auf, und ich denke, dass viele von ihnen das Zeug haben, gute Geschichten um Mord und Totschlag zu verfassen. Zum fünften Mal ist *Tatort Eifel* der deutsche Mittelpunkt der Szene, zum fünften Mal treffen sich Nachwuchsautoren, um zu zeigen, was sie können, zum fünften Mal ist die Eifel in aller Munde.

Natürlich durften die üblichen Verdächtigen nicht fehlen und haben darüber nachgesonnen, auf welche Weise sie denn diesmal morden und aufklären können. Miniaturen deutschen Lebens und deutscher Gesellschaft entstehen so, und nicht vergessen: Die, die diese Gesellschaft, in der wir leben, am eindrücklichsten beschreiben, sind nun mal die Krimiautoren.

Es gibt im deutschen Chanson die weltberühmte Einleitung eines Liedes: *Ich brauch Tapetenwechsel, sprach die Birke, und macht sich in der Dämmrung auf den Weg*. Hildegard Knef schrieb diese Zeilen, und meine Freundin Carola Clasen nahm das wörtlich. Sie lässt ein Windrad eine Mordgeschichte erzählen. Hat es so was schon mal gegeben? Allein schon deshalb sollten Sie dieses kleine Buch genießen. Ich wünsche Ihnen viel Vergnügen!

Jacques Berndorf im Sommer 2009

Kischkewitz ahnt etwas

von Jacques Berndorf

Der Tatort deutete auf Raserei hin, auf die Explosion von Hass und ungezügelter Wut. Der Tote war Gerhard Osebius, sechsundvierzig Jahre alt, von Beruf Kaufmann und Immobilienhändler, in der ganzen Eifel berühmt dafür, jedem das passende Haus zu besorgen, es dann nach Wunsch umzubauen, die Möbel dafür zu vermitteln und sich dann bei der Eröffnungsparty hemmungslos zu besaufen und in diesem Zustand jungen Frauen so häufig wie möglich an die Wäsche zu gehen.

Er war, nach einhelliger Meinung der Frauen, schlicht ein Kotzbrocken, nach Ansicht des Ortsbürgermeisters ein Kerl von echtem Schrot und Korn, ein Typ, wie ihn nur die Eifel formen kann, ein Kerl, den dieser Landstrich dringend braucht. Der Bürgermeister pflegte nach dem fünften Bier zu formulieren: »Ein Glück, dass wir den haben. Wenn wir ihn nicht hätten, müsste wir ihn erfinden.«

Jetzt lag dieser Kerl tot in der alten Melkkammer auf den weißen Fliesen, und Kischkewitz wusste nach einem Schnelltest bereits, dass er mindestens 2,8 Promille im Blut hatte. Kischkewitz wusste auch, dass der Tod morgens gegen sechs Uhr eingetreten war, plusminus dreißig Minuten. Sein Assistent, Gernot de Buur, war der Meinung, »dass wir den Täter wohl sehr schnell haben werden«, aber Kischkewitz beurteilte die Lage mit wesentlich größerer Vorsicht und mahnte zur Zurückhaltung: »Wir haben nicht den Schimmer eines Verdachts, es sei denn, man zählt seine wirklichen Gegner. Dann hätten wir etwa fünfzig Tatverdächtige, plus etwa zweihundert bis dreihundert Frauen.« Dann setzte er eigens für de Buur hinzu: »Du musst dich in Zurückhaltung üben, mein Junge, sonst drehen dir die Pressefritzen einen Strick.«

»Also, der Fundort der Leiche ist der Tatort«, stellte Dr. Heugen fest und brüllte nach dem Fotografen, der ihm bestimmte Blutspritzer an den Fliesen dicht hinter dem Toten fotografieren sollte. »Und zwar so, dass das Muster erkennbar wird. Aufprall der Spritzer auf den Fliesen und die Richtung der Spritzer, wenn du weißt, was ich meine.«

»Aber das reflektiert so auf den Kacheln«, sagte der Fotograf sauer.

»Dann fotografiere das so, dass es nicht reflektiert«, bestimmte der Mediziner kurz angebunden.

»Immer auf die Kleinen«, sagte der Fotograf etwas verbissen.

Es war zehn Uhr morgens an einem Montag, und Kischkewitz hatte nicht die geringste Lust auf Mord.

Dicht neben dem Kopf des Toten lag ein altes, aber sehr scharfes Fleischerbeil. Das Merkwürdige an dem Fall war nun, dass der Täter dieses Beil für die Tat nicht benutzt hatte. Kischkewitz sinnierte, ob der Täter das Beil vielleicht als einen Hinweis neben den Kopf des Toten gelegt hatte. Aber auf was wollte er hinweisen? Ein Beil neben einem zerschmetterten Kopf? Kopf ab? Hinweis auf einen Henker? Todesurteil?

»Haben wir Fingerabdrücke auf dem Beil?«

»Haben wir nicht!«, antwortete de Buur.

»Heißt das, es wurde abgewischt?«

»Korrekt!«, nickte de Buur. »Arbeitshandschuhe der üblichen Sorte, billig, überall für ein paar Euro zu kaufen. Aber die haben wir nicht gefunden.«

»Heugen, mein teurer medizinischer Freund, war es der Knüppel da?«, fragte Kischkewitz.

»Der Knüppel war es, geliebter Bruder!«, nickte Heugen.

Manchmal trieben sie ihre Scherze, manchmal erheiterten sie die Kommission durch galantes Biedermeier, schlimm wurde es, wenn sie Shakespeare zitierten und sich stritten, aus welchem Königsdrama dieses oder jenes Zitat stammte. Aber die Scherze lockerten auf und machten den Tod ein wenig erträglicher.

Der Knüppel war ein etwa einhundert Zentimeter langer Eichenast von unbestimmbarem Alter, so dick wie eine kräftige Männerfaust und als Mordinstrument absolut tödlich. »Eisenhart!«, hatte de Buur festgestellt.

»Fingerabdrücke?«, fragte Kischkewitz.

»Keine«, sagte de Buur. »Abgewischt mit den gleichen Handschuhen.«

»Sag mir, wieso hier, in dieser öden Melkkammer?«, fragte Kischkewitz. »Das riecht hier nicht gut, gehen wir vor die Tür.«

Die Sonne schien, es war ein Montag im Juli, zwei Schmetterlinge taumelten durch die Luft, die Schwalben flogen sehr hoch, Grund genug fröhlich zu sein.

»Also, es ist so, dass Osebius ziemlich häufig in der Melkkammer gesoffen hat. Da steht immer ein Kasten Bier, und in einem Schrank siehst du locker zwanzig Flaschen Hochprozentiges«, eröffnete de Buur. »Er kommt nachts nach Hause und hat Durst auf das letzte Bier und so. Und meistens hat er irgendwelche Kumpel bei sich. Manchmal sogar Frauen, meist solche, die zu Hause sowieso Zoff haben, manchmal auch solche, die ihn einfach ausnehmen wollen und Geld verlangen ...«

»Heißt das, dass er mit solchen Frauen in der Melkkammer Geschlechtsverkehr hatte?«

»Genau das heißt es.«

»Wer sagt das?«

»Seine Frau«, nickte de Buur. »Das alles sagt seine Frau. Geh rein und frage sie, wenn du mir nicht glaubst.«

»Junge! Nicht so eitel. Weiter. Wer hat ihn gefunden?«

»Das ist unklar«, murmelte de Buur.

»Also, wer hat die Bullen gerufen?«

»Alois. Alois, siebzig Jahre, immer noch Waldarbeiter in der Gemeinde, kam hier gegen zwanzig nach sechs heute Morgen vorbei. Er sieht die offene Tür der Melkkammer und weiß sofort, dass Osebius sein Bett noch nicht erreicht hat. Und Alois denkt: Da kann ich noch ein Morgenbier abstauben. Er geht also rein und sieht die Bescherung.«

»Was daran ist denn unklar?«

»Unklar ist, ob Alois der Erste oder der Zweite war. Denn Alois sieht die Bescherung und greift nach seinem Handy, das ihm sein Sohn geschenkt hat. Er ruft die Bullen und den Notarzt über die 1-1-2. Und nur mit Sekunden Verspätung ruft im DRK-Zentrum eine Frau an und sagt: ›Ihr könnt den Osebius auf den Friedhof fahren!‹ Und hängt ein.«

»Hast du eine Stimmenbeschreibung?«

»Habe ich nicht. Allerweltsstimme. Ist auf Band.«

»Kann es seine Ehefrau gewesen sein?«

»Eher nein. Außerdem sagt Heugen, es sei wohl eher ein Mann gewesen. Weil nur ein Mann diesen Prügel dermaßen brutal einsetzen kann, mit aller Kraft. Du darfst nicht vergessen: Osebius hat nicht nur drei Schläge auf den Kopf bekommen, von denen jeder einzelne zum Tode geführt hätte, sondern der Täter hat ihm beide Unterarme und beide Oberarme gebrochen, sechs Rippen so höllisch zersplittert, dass er Blut geatmet hat. Und auch noch den linken Unterschenkel zerschmettert. Das alles mit dem Knüppel. Ich weiß gar nicht, wie das Bewegungsbild dieses Täters aussehen wird. Wahrscheinlich was für Schulungen.«

»Wie sieht die Familie aus?«

»Die Ehefrau stammt hier aus der Gegend. War vor der Ehe Assistentin eines Arztes, jetzt zweiundvierzig Jahre alt. Eine Tochter, vierzehn Jahre alt, ein Sohn acht Jahre alt, ein weiterer Sohn sechs Jahre. Alle machen einen ganz ruhigen Eindruck, irgendwie gelassen. Die Ehefrau sagte mir, sie habe so etwas kommen sehen. Bei dem Lebenswandel ihres Angetrauten sei ein solcher Tod irgendwie normal. Sie sagte: ›Er hat alle beschissen, und jetzt hat endlich einer zugelangt.‹«

»Warum sagt sie, er habe alle beschissen?«

»Weil es wahrscheinlich stimmt«, antwortete de Buur. »Er hat jeden Preis grundsätzlich erst einmal gedrückt. Und wenn nichts mehr zu drücken war, hat er weiter zu drücken versucht. Er muss als Kaufmann immer eine richtig stinkende Nummer abgezogen haben. Und jetzt, in der Krise, hat er natürlich jeden Preis grundsätzlich infrage gestellt. Der Immobilienmarkt in der Eifel ist halt im Arsch, und du kannst hier Häuschen kaufen, für die kriegst du in Köln nicht mal ein Wohnklo. Die Situation hat er natürlich ausgenutzt, viel an die Belgier und die Holländer verkauft. Und die sind richtig glücklich mit den Häuschen im Grünen und den hübschen Bergen hier. Alles in allem hat dieser Mann zur Zeit dreiundzwanzig Klagen gegen Kunden laufen, was keine guten Schlüsse zulässt.«

»Hast du seine Feinde festgestellt?«

»Ein paar jedenfalls. Er hat manchmal Bauern Wiesen abgekauft, von denen er vorher wusste, dass sie demnächst als Baugelände ausgewiesen werden sollten. Irgendwie hat er immer Vorwissen gehabt. Wahrscheinlich stoßen wir auch da auf faule Dinge. Und möglicherweise auf Korruption in Rathäusern. Aber das ist nicht unser Bier.«

»Und was hat er mit seinem Geld gemacht?«

»Er hat in Ferienhäuschen an der holländischen Küste investiert. Angeblich besitzt er inzwischen rund zweihundert davon. Und das ist ein ganz sicheres Investment.«

»Stammen diese Einzelheiten auch von der Ehefrau?«

»Aber ja«, nickte de Buur. »Wenn du mich fragst, ist die richtig glücklich. Sie muss nur noch durchhalten bis nach der Beerdigung.«

»Das ist ja Zynismus!«, sagte Kischkewitz mit leichtem Vorwurf.

»Lass mich doch«, entgegnete de Buur ironisch. »Man gönnt sich ja sonst nichts.«

»Und er kam von irgendeiner Sauferei?«

»Ja, stimmt. Da will ich jetzt weitermachen. Gestern Abend war irgendein Kameradschaftsabend bei der Freiwilligen Feuerwehr. Das ging um 18 Uhr los, Osebius war von Anfang an dabei. Sie hatten noch Gäste von einer befreundeten Wehr. Rund vierzig Mann, und hoch die Tassen bis etwa drei Uhr. Aber ich habe noch keine Zeugen. Die muss ich jetzt auf der Arbeit treffen.«

»Sag mal, war er eigentlich Alkoholiker?«

»Also, das kann ich noch nicht sagen. Er soff grundsätzlich ziemlich viel, und wahrscheinlich auch jeden Tag. Nach Meinung der Anonymen Alkoholiker war er todsicher einer, nach Meinung der Eifler war er wohl einer in Ausbildung.«

»Ich will dich nicht von der Arbeit abhalten«, betonte Kischkewitz. »Und dieser alte Bauernhof hier?«

»War der vom Vater. Und es wird behauptet, dass er den schon beschissen hat.«

»Hatte er gar keine gute Seite?«

»Er war kalt und gierig und vulgär, sonst nichts.«

Kischkewitz war einigermaßen ratlos. Wie begegnet man der Gier?

Er ging zum Wohnhaus über den großen Hof und klingelte.

Die Frau, die ihm öffnete, war eine der Frauen, von denen er zu sagen pflegte: Sie sind stark, und sie bergen die meisten Überraschungen. Sie hatte sehr lange, blonde Haare, die hinten zu einem dicken Zopf geflochten waren. Er hatte Schwierigkeiten mit Haaren, immer schon gehabt. Also fragte er in ihr ruhiges, sehr weibliches und schönes Gesicht hinein: »Sind die gefärbt?«

Das Verblüffende war, dass sie nicht verblüfft war. »Nein«, antwortete sie. »Warum?«

»Weil ich das nie weiß«, sagte er. »Haben Sie etwas Zeit für mich? Ich bin der Chef von dem Haufen da draußen.«

»Natürlich«, nickte sie. »Kaffee oder Tee?«

»Tee, bitte. Kaffee macht meinen Magen kaputt. Sind Ihre Kinder zu Hause?«

»Aber ja. Brauchen Sie die auch?«

»Ja, aber später erst, und wenn sie es nicht so merken, verstehen Sie?«

»Das verstehe ich«, sagte sie und ging vor ihm her. Sie hatte einen eigenartigen Gang, sie lief über die dicken Onkel, und sie bemühte sich erst gar nicht, so etwas wie eine Dame vorzuspielen. Einfach gesagt: Sie ging nicht, sie latschte.

Das Wohnzimmer sah nach drei Kindern aus, es herrschte heillose Unordnung.

»Nehmen Sie Platz, wo Sie können«, sagte sie. Dann verschwand sie irgendwohin und kam kurze Zeit später mit Tassen, Milch und Zucker auf einem Tablett zurück. »Sie erwarten hoffentlich keine Weinkrämpfe, oder?« Ihre Jochbögen waren stark ausgeprägt, sie sah aus wie Frauen aus dem Kosovo. Ihre Augen waren vollkommen ruhig und von einem intensiven, graublauen Schimmer.

»Nein«, nickte Kischkewitz brav. »Sie sollten aber nicht versuchen, mir etwas über menschliche Beziehungen beizubringen. Das wäre töricht.«

»Okay«, nickte sie sachlich. Dann setzte sie sich ihm gegenüber in einen Sessel und wartete ganz gelassen.

»Haben Sie ihn geliebt?«

»Nein, schon seit langer Zeit nicht mehr.«

»Respektiert?«

»Nein, auch nicht mehr.«

»Als Sie ihn heute Morgen sahen: Wie könnte man Ihre erste Reaktion beschreiben?«

»Ich habe geheult. Schließlich war es mal Liebe.«

»Wie haben Ihre Kinder reagiert?«

»Erschreckt, maßlos erschreckt.«

»Die Vierzehnjährige?«

»Sehr distanziert irgendwie. Sie ist vor einem Jahr Frau geworden. Sie hat Schwierigkeiten damit, sie muss sich damit einrichten. Ich habe ihr natürlich nicht erlaubt, ihren toten Vater zu sehen.«

»Wer hat Sie informiert?«

»Der alte Alois. Er war vollkommen aus dem Häuschen.«

»Was werden Sie jetzt machen?«

Sie überlegte eine Weile. »Weggehen, so schnell wie möglich.«

»Was werden Sie mit seinem Besitz und seinem Geld machen?«

»Keine Ahnung. Das wird mal den Kindern gehören.«

»Seit wann ist er so gierig gewesen?«

»Vor ein paar Jahren fing es an. Den genauen Zeitpunkt kenne ich nicht. Es mögen fünf oder sechs Jahre sein. Er zählte sein Geld, jeden Tag. Von morgens bis abends.«

»Wie viel Geld ist es denn?«

»Er sagte vor einem halben Jahr, es seien jetzt vier oder fünf Millionen. Ich sollte ihn bewundern, aber das konnte ich nicht.«

»Für wen, glauben Sie, hat er all das Geld verdient?«

»Für die Kinder, für mich. Das hat er jedenfalls gesagt.«

»Und was haben Sie darauf geantwortet?«

»Dass wir das nicht wollen, habe ich ihm gesagt.«

»Und das Leben mit ihm?«

Sie sah ihn verblüfft an, verstand aber sofort, was er meinte. »Wir ... also, ich habe nicht mehr mit ihm geschlafen. Das durfte er nicht mehr.« Sie machte eine kleine Pause. »Was denken Sie?«

»Ich weiß nicht, was ich denken soll«, antwortete Kischkewitz. »Wem trauen Sie zu, es getan zu haben?«

»Da fallen mir einige ein. Aber darüber möchte ich nichts sagen.«

»Das werden Sie aber müssen.«

Sie hob sehr schnell ihren Kopf und sah ihn scharf an. »Müssen? Das werde ich nicht müssen. Nein, niemals!«

»Ich hörte von meinen Leuten, dass er manchmal auch mit Frauen in der Melkkammer war. Kam das häufig vor?«

»Ich weiß nicht, was eine Mordkommission unter häufig versteht. Ich habe das leider erleben müssen. Vielleicht zehn Mal, vielleicht zwanzig Mal, ich habe es nicht gezählt. Es nahm mir meine Würde, die Frauen waren Nutten.«

»Haben Sie ihm das gesagt?«

»Oh, ja!«

Sie tanzt um die Wahrheit herum!, dachte er verblüfft. Sie hat sich sehr lange auf so ein Gespräch vorbereitet, sie hat es wahrscheinlich geübt, hundert Mal hat sie es im Geiste ablaufen lassen.

Jetzt kommt die Generalprobe: »Kann ich mit Ihrer Tochter sprechen?«

»Ja. Kann ich dabei sein?«

Er überlegte eine Sekunde. Sie konnte im Zweifelsfall sogar auf einem Anwalt bestehen, und das würde eine sehr schwierige Sache sein. Und es war eine lästige Regel geworden, dass ein Anwalt sofort darauf bestand, einen Psychologen hinzuzuziehen. »Zum Schutz des Kindes«, formulierten sie meistens und torpedierten damit jeden Erfolg der Kriminalisten.

»Natürlich«, nickte er.

Sie stand auf und ging hinaus. Kischkewitz trank einen Schluck Tee.

Das Mädchen war auf eine sehr eigenwillige Weise hübsch und fraulich. Und sie wusste, dass sie hübsch war, und sie bewegte sich so. Wahrscheinlich hatte sie es schon ausprobiert. Wahrscheinlich traf sie sich des Abends mit ihren Freundinnen und Freunden im Jugendraum, und sie probierten das immer ganz neue und aufregende Leben aus und diskutierten ihre wilden Träume. Sie hatte die Haare und die Augen ihrer Mutter.

»Sie heißt Esther«, erklärte ihre Mutter sanft.

Esther war nicht im Geringsten verlegen, nicht einmal unsicher.

»Esther, ich leite diese Kommission, die sich mit dem Tod deines Vaters beschäftigen muss. Wann hast du davon erfahren?«

»Ganz früh am Morgen. Mami kam an mein Bett und sagte: Papa ist tot. Jemand hat ihn ... also, ihn erschlagen.«

»Und was geschah dann?«

»Dann habe ich mir schnell Jeans und so angezogen und wollte rüberlaufen in die Melkkammer. Aber Mami hat es verboten.«

»Hast du geweint?«

»Ja, klar.«

»Und was hast du dann getan?«

»Ich bin zu Bert und Gerrit ins Zimmer und habe auf die aufgepasst.«

»Weißt du, mit was dein Vater erschlagen wurde?«

»Ja, klar. Mit diesem Stock, der da immer rumliegt.«

»Wer hat das gesagt?«

»Na ja, die Leute.«

»Welche Leute denn?«

Sie war unsicher, sie sah ihre Mutter an.

»Sie meint wohl die unformierten Beamten, die im Streifenwagen. Die kamen zuerst.«

»Ja, klar, die meine ich.« Sie hatte die Haare im Nacken zu einem Zopf geflochten, die Ähnlichkeit mit ihrer Mutter war verblüffend.

»Also, ich muss dich um Hilfe bitten, Esther. Der alte Alois hat das Unglück mit deinem Vater entdeckt, als er ganz früh hier am Hof vorbeikam. Er hat dann sofort die Polizei und das Rote Kreuz angerufen. Und in der gleichen Sekunde hat eine unbekannte Frau dort bei den Hilfskräften angerufen und gesagt: ›Ihr könnt den Osebius zum Friedhof bringen.‹ Welche Frau könnte das getan haben?«

»Na klar, das war die Scharren, die blöde.«

»Wer ist denn die blöde ... wie war der Name?«

»Scharren heißen die. Die wohnen hinten am Bach, das letzte Haus links. Der Mann säuft immer, manchmal auch mit meinem Vater.«

Kischkewitz sah die Mutter an, und er murmelte eindringlich: »Brutale Ereignisse dieser Art haben einen Nachteil: Wir Erwachsene versuchen immer, eine Situation darzustellen, die uns in ein gutes Licht rückt. Kinder können das zwar begreifen, aber sie können nicht mitspielen. Sie sind nämlich unschuldig. Aus Gründen der Fairness muss ich das an dieser Stelle einfügen, damit Sie verstehen, was ich meine. Und damit Sie nicht wütend werden.«

»Ich denke, ich habe das verstanden. Warum sollte ich wütend werden?«, die Mutter sah ihn sehr streng an, als habe er etwas Verbotenes erwähnt.

»Das hoffe ich sehr«, nickte Kischkewitz mit leichtem Lächeln, und er strahlte sie für zwei Sekunden an, als warte etwas ganz Besonderes auf sie.

Dann wandte er sich wieder an das Mädchen. »Esther, wann hat dein Vater dich denn geholt? Ich meine: in die Melkkammer. Hast du zufällig auf die Uhr gesehen?« Als Kischkewitz das fragte, sah er für den Bruchteil einer Sekunde die Mutter des Mädchens an, und er sah, wie sie zusammenzuckte, als habe sie jemand geohrfeigt.

Es gab keine Unsicherheit bei dem Mädchen. Die Frage war klar, also war auch die Antwort klar. Das Mädchen sagte:»Ja. Er stand an meinem Bett und wankte so. Er wankt immer, wenn er trinkt. Es war fünf, oder fünf nach fünf. Ich sagte: ›Ich bin so müde.‹«

»Da war diese Scharren aber schon weg, oder?«

»Ja, klar, die war schon weg.«

»Aber sie kam wieder, oder?«

»Ja, klar, hinterher stand sie plötzlich in der Tür.«

»Du und deine Mutter, ihr wart in der Melkkammer. Der Vater war tot, lag auf den Fliesen, die Scharren stand plötzlich in der Tür. War sie eigentlich noch sehr betrunken?«

»Ja, ich glaube, die war sehr betrunken. Sie stand in der Tür, und sie konnte gar nicht richtig sprechen. Sie lallte irgendwie, sie fragte: Habt ihr noch ein Bier?«

»Kind!«, sagte die Mutter sehr sanft und eindringlich und schloss dabei die Augen. Ihr Gesicht war kalkweiß.

Kischkewitz spürte nicht einmal den Hauch von Triumph. Kischkewitz versank ganz einfach in einem Meer von Melancholie. Er war zutiefst traurig.

»Er hat sie ... er hat sie aber ...« Die Mutter neigte den Kopf nach vorn und begann ohne einen Laut zu weinen.

»Mami!«, sagte Esther ganz erschreckt.

Kischkewitz wartete sehr lange, weil das Mädchen vor der Mutter kniete, sie umarmte und mit ihr weinte.

Er sagte leise: »Also, die Scharren ging erst vom Hof. Vor fünf Uhr in der Frühe. Dann warst erst du allein in der Melkkammer, weil dein Vater etwas mit dir machen wollte. Dann kam deine Mami. War das so?«

»Ja, so war das. Ich meine, ich ...« Dann begriff sie, dass dieser freundliche Mann jetzt etwas wusste, was er nicht wissen durfte. Und sie war verunsichert und drehte ihren Kopf von der Mutter weg.

»Und dann stand die Scharren wieder in der Tür, nicht wahr? Und sie sah deinen toten Vater.«

»Ja«, nickte das Mädchen und ließ die Mutter nicht los. »Sie stand da plötzlich in der Tür.«

»Er hat sie ... er hat Esther missbraucht«, die Stimme der Mutter war rau. »Er war so schlimm.«

»Das glaube ich Ihnen aufs Wort«, nickte Kischkewitz. »Trotzdem sagen unsere Gesetze, dass wir nicht töten sollen.«

»Mein Gott, er hat Esther sogar bezahlt. Er hat gesagt, es wäre gutes Geld.« Sie hatte keine Stimme mehr, jedes Wort quälte sie.

»Das glaube ich Ihnen auch. Kennen Sie einen guten Anwalt, einen guten Strafrechtler?« Er wedelte mit den Händen. Er wollte raus aus diesem verdammten Wohnzimmer. »Machen wir es so: Ich gebe Ihnen den Namen des Mannes, und Sie rufen ihn an, ja? Machen wir es so. Sie brauchen ihn. Sie brauchen ihn dringend.«

Vom Winde verdreht

von Carola Clasen

Meinen Sie, es wäre schön, ein Windrad zu sein? Das ist es nicht. Ich weiß, wovon ich rede. Ich heiße Louise und stehe seit einigen Jahren in der Eifel herum. Ich bin nicht mehr die Jüngste, und mir ist oft übel von der ständigen Dreherei. Das geht in die Arme, kann ich Ihnen sagen. Sie sind schon ganz steif davon. Manchmal habe ich das Gefühl, sie fallen mir ab. Auch wenn unsereins drei Stück hat und man annehmen könnte, die Arbeit verteile sich so besser, ist es kein Spaß. Ich stehe 572 Meter über dem Meeresspiegel, meine Nabenhöhe beträgt 65 Meter, meine Arme sind zehn Meter lang, wissen Sie, was hier oben für ein Wind weht?

Ich werde Ihnen jetzt von meinem Leben erzählen. Es muss raus, sonst ersticke ich noch daran. Es mit meinen Freundinnen zu besprechen, erscheint mir sinnlos, es sind viele Depressive darunter. Viele drehen sich einfach nur noch nach dem Wind und haben längst aufgegeben. Ich glaube, manche trinken auch. Die Selbstmordrate unter Windrädern ist hoch.

Aber ich bin anders. In mir ist noch Hoffnung. Ich will Veränderung. Ich gebe nicht auf. Obwohl man es mir wirklich schwer macht.

Abgesehen von der ständigen Dreherei ist es stinklangweilig hier oben. Immer dasselbe, Tag für Tag, Nacht für Nacht. Ob Winter, ob Sommer. Ob Regen, ob Schnee. Mal weht der Wind aus Osten, mal aus Westen, das ist es dann aber auch schon. Gegen einen feinen Südwind wäre ja nichts einzuwenden, aber wann gibt es den hier schon mal?

Und immer dieselbe Aussicht. Sie ist nicht schlecht, aber man sieht sich satt. Bei lebendigem Leibe fest gemauert auf einen Platz, für immer und ewig. Ich weiß nicht, ob Sie das schön finden würden. Wir tun es nicht. Man wird weltfremd dabei. Wir würden auch mal gern etwas Abwechslung haben, zum Beispiel einen Ausflug machen oder in die Stadt gehen, mal was anderes sehen. Ich, zum Beispiel, möchte gern das Meer sehen.

Außerdem mangelt es uns an Intimsphäre. Nie ist man allein, wir stehen immer zusammen in einer Gruppe. Manchmal sind wir eine ganze Herde, wie Schafe auf einer Farm. Wir sind zwar streng nach Geschlechtern getrennt, aber von Privatleben kann trotzdem keine Rede sein. Nackt und bloßgestellt. Kein Strauch, kein Baum bietet uns auch nur den Hauch von Schutz vor den Augen der Vögel, der Häuser, der Menschen. Man will doch auch einmal allein sein.

Und ständig höre ich das schabende, schleifende Geräusch der Nachbarinnen und muss aus nächster Nähe mitansehen, wie sie verdrecken. Und immer unter Frauen sein, Sie wissen das ja bestimmt, das ist auch nicht einfach.

Ich weiß gar nicht, wo die nächste Männergruppe steht. Ich kann sie von meinem Platz aus nicht sehen. Viele Kilometer müssen zwischen uns liegen. Ich frage Sie ernsthaft, woher die kleinen Windräder kommen sollen, wenn man uns nicht zusammenlässt. Denn auch bei uns funktioniert die Fortpflanzung nicht per Samenflug.

Aber selbst wenn man uns aufeinandertreffen ließe, wie sollte die Partnerwahl vonstatten gehen? Wir sehen uns alle zum Verwechseln ähnlich. Wir sind schlank und hoch und weiß und haben drei Arme. Schön, aber ohne Individualität. Jedenfalls nicht auf den ersten Blick. Einige von uns haben zwar rote Streifen an den Armen, manche Arme und Köpfe sehen ein wenig anders aus, aber das sind minimale Unterschiede. Warum gibt es uns nicht in sonnengelb, grasgrün, himmelblau oder rosarot? Mit unübersehbaren Streifen oder Punkten am Bein und auf den Armen? Oder mit echter, moderner Kunst bemalt? Man verliert auf diese Weise die eigene Identität, verstehen Sie, was ich meine?

Aber die Gleichförmigkeit ist noch nicht alles. Seit einiger Zeit empfangen wir negative Schwingungen. Das irritiert uns. Wir tun hier nichts als unsere Arbeit unter extremen Bedingungen, und das ist dann der Dank. Meine Freundinnen hören schon gar nicht mehr hin, so sehr verletzt und kränkt es sie. Andere wehren sich auf ihre Weise. Gabriele steht schon seit Tagen still. Ich mache mir Sorgen um sie. Aber sie will nicht reden. Sie stellt auf Durchzug.

Wir spüren es ganz deutlich: Man mag uns nicht. Man hasst uns regelrecht. Man verwünscht uns. Man verteufelt uns.

Angeblich verunstalten wir die Natur. Dabei sind wir doch dreimal schöner als die Fernleitungen. Und wir können nichts dafür, dass uns im Winter schon einmal ein Eisklumpen von den Armen fällt, das ist uns selbst unangenehm. Auch der Schatten, den wir unwillkürlich werfen, die Drehgeräusche unserer Arme und die roten Warnlampen stören die Menschen. Aber wer hat uns denn konstruiert?

Sogar unsere Rentabilität wird angezweifelt. Man kämpft gegen uns. Bürgerinitiativen haben sich gebildet. Parteien streiten sich. Was soll nur aus uns werden?

Die Menschen, die so reden, sind nicht die, die uns bei lebendigem Leibe einbetoniert haben, sondern andere. Aber das macht für uns keinen Unterschied. Manchmal werden wir sogar mit Dreck beworfen und mit Transparenten verschandelt.

Wir haben das alles nicht gewollt. Wir haben uns dieses Schicksal nicht ausgesucht. Wir finden das auch nicht schön.

Jedenfalls, so geht es nicht weiter, habe ich beschlossen. Ich will nicht länger wehrlose Zielscheibe menschlicher Fehlplanungen sein. Ich habe in den letzten Monaten einen geheimen Plan entwickelt.

Sobald sich der nächste Mensch wieder meinem Bein nähert, werde ich mich rächen. Ich weiß, dass es ein paar Tage dauern kann. Aber ich habe Zeit. Wenn man einbetoniert ist, spielt Zeit keine Rolle. Ich werde ein Blutopfer bringen, habe ich mir vorgenommen. Nicht gerade Harakiri, aber doch in etwa so, als ob ein Soldat sich einen Fuß abhackt, um nicht mehr in den Krieg ziehen zu müssen. Es wird sich herumsprechen. Andere werden mir folgen, und am Ende wird die globale Befreiung aller Windräder stehen.

Wenn ich es nicht mache, macht es keiner. Mein Plan ist so gut, dass ich es kaum erwarten kann. Wann kommt der Tag?

Es fährt ein Auto über den Feldweg. Es hält direkt an meinem einbetonierten Bein. Ein Mensch steigt aus und sieht empor zu meinen Armen. Ich lasse sie kreisen, täusche Gleichmäßigkeit und Normalität und Zufriedenheit vor. Fünf Umdrehungen lang.

Dann schlage ich zu.

Mit einem Ruckeln klinke ich einen meiner drei Arme aus, als er gerade nach unten zeigt, lasse ihn schnell wie einen Pfeil zu Boden schießen, sodass er den Menschen, der sich immer noch den Hals nach mir verrenkt, der Länge nach aufspießt.

Der Schrei, der ungehört in der Einöde verhallt, verfängt sich zwischen meinen verbliebenen Armen und steigt mir zu Kopfe. Er klingt wie Musik. Das Lied der Freiheit.

Nach diesem Vorstoß bin ich nicht mehr drehfähig. Aber das war es mir wert.

Nach ein paar Tagen der Unruhe und großen Empörung unter den Menschen werden auch meine Freundinnen stillgelegt, und dann werden wir alle abgebaut. Ich habe gehört, wir sollen tatsächlich ans Meer verschickt werden. Wenn ich eines Tages das Meer nicht mehr sehen kann, mache ich das wieder so, das Armausklinken. Eigentlich müssten mir alle dankbar sein, aber einige maulen herum.

»Es ist doch so schön hier in der Eifel!«, jammert Mechthild.

»Ich reise nicht gern«, meint Gabriele.

Einige haben Angst, wir werden getrennt. Andere fürchten, man wird Flugzeugpropeller oder Schiffsschrauben aus unseren Armen machen, Brückenpfeiler aus unseren Beinen. Aber so ist es nicht.

Wir werden in Einzelteilen auf einen großen Haufen gestapelt und dann abtransportiert. Es geht nicht auf direktem Wege ans Meer. Wir kommen zunächst auf einen noch größeren Haufen zerlegter Windräder. Noch sind wir in der Eifel, aber es dauert sicher nicht mehr lange, und wir treten die große Reise ans Meer an.

Sudoku-Man

von THOMAS KIEHL

Kennen Sie New York? Wenn nicht, kein Problem. Ich kenne New York auch nur von Fotos und aus dem Fernsehen. Stellen Sie sich New York vor, ohne Wolkenkratzer, ohne Meer, ohne Freiheitsstatue, ohne große Straßen, ohne Autos, ohne Menschen. Was Sie nun vor sich sehen, kommt dem Ort, in dem ich aufgewachsen bin, schon sehr nahe – 53359 Hilberath. Hilberath, das »Tor zur Eifel«. Für mich war es immer nur das Tor zur Hölle. Jetzt arbeite ich in Meckenheim. Auch nicht viel besser. Wäre ich mal lieber nach Rheinbach gezogen, da gibt es wenigstens einen *Burger King*. Meckenheim ist so ein richtiger Ort zum Untertauchen. Hier findet einen niemand, weil niemand da ist, der einen finden könnte. Ab morgen bin ich weg von hier – das ist so was von sicher.

Eifelturm, so heißt das Café, in dem ich arbeite. Eifelturm wohlgemerkt mit einem F. Ich arbeite hier schon so lange, dass mir eigentlich eine Betriebsrente zustehen müsste. Aber so etwas gibt es in der Eifel nicht. So etwas gibt es nur in großen Städten wie Bonn, Aachen – oder eben New York.

Das Café liegt in der Nähe vom Bahnhof – quasi auf der 5th Avenue von Meckenheim – in der, wie könnte sie auch anders heißen, Bahnhofstraße. Die Inneneinrichtung ist aus den 80er Jahren. Schwarze Stühle, schwarze Tische, schwarzweiße Fliesen, ungeschickt angebrachte Halogenscheinwerfer, ein paar Spiegel, Schwarz-Weiß-Fotos von Paris, unter anderem auch eines vom Eiffelturm. Richtig gemütlich also.

Da die Miete eh gezahlt werden muss, öffnen wir schon um 8 Uhr. Mir ist das ganz recht, denn so komme ich wenigstens zum Zeitunglesen. Um die Zeit kommt nämlich keiner in das Café, zu eilig haben es die Menschen, Meckenheim mit der Bahn so schnell wie möglich zu verlassen.

Dies änderte sich vor einem Jahr. Vor einem Jahr nämlich stand um Punkt 8 Uhr ein schwarz gekleideter Mann im Café. Schwarzer Trenchcoat, schwarze, geschnürte Lederhose, Sonnenbrille, lange, schwarze Haare. Ob ich ihm weiterhelfen könne, fragte ich ihn. Mir war klar, dass dieser Großstadt-Cowboy sich verlaufen haben musste. So wie der angezogen war, suchte er bestimmt die Straße seiner verstorbenen Tante, dachte ich mir.

»'n Kaffee und 'n Brötchen mit Butter.« Ohne auf eine Reaktion von mir zu warten, setzte sich der Typ an einen Tisch am Fenster. Er hatte eine schwarze Ledertasche dabei, aus der er ein Heft und eine Stoppuhr zog. Ich brachte dem Mann seinen Kaffee und sein Brötchen mit Butter.

Okay, ich bin vielleicht nicht die Schönste im Lande, aber einen kurzen Blick auf meine Brüste hatte ich eigentlich schon erwartet. Hallo, ich öffne doch nicht umsonst die beiden obersten Knöpfe meiner Bluse und beuge mich so tief herunter, dass ich seinen Fußschweiß riechen kann. Der Typ jedoch verzog keine Miene, würdigte mich nicht mal eines kleinen Blickes. Ich hingegen musterte ihn sehr genau. Er war groß und stark. Seine Hände waren leicht gelblich und so riesig, dass sie mein ganzes Gesicht hätten abdecken können. Er hatte lange, gepflegte Fingernägel. Vielleicht ein Gitarrenspieler oder sogar Rockstar?

Genau eine Stunde blieb er. Ständig schrieb er in dem Heft herum und stoppte die Zeit. Ab und zu sah er aus dem Fenster.

Am nächsten Tag kam er zu meiner Freude wieder. Ich war spät dran, und er kam bereits um die Ecke, als ich das Café aufsperrte. Wieder bestellte er einen Kaffee und ein Brötchen mit Butter. Diesmal ließ ich alle Knöpfe zu.

Obwohl ich einen Höllenrespekt vor dem Kerl hatte, hielt ich es nach zwei Wochen nicht mehr aus. Meine Neugier war stärker geworden als meine Angst, eine Eigenschaft, die mich noch mal irgendwann das Leben kosten wird.

»Was schreiben Sie denn da in diese Hefte?«, fiepste es aus mir heraus, als hätte ich diese Frage vor dreihundert Leuten gestellt. Ich spürte, wie meine Wangen den Rotton meiner Samstagnacht-Ausgeh-Plateau-Sandaletten annahmen. Wie peinlich.

»Sudoku.«

Sudoku, das war alles, was er sagte. Sudoku sagte mir zu diesem Zeitpunkt nichts. Abends googelte ich im Internet. Anscheinend war da mal wieder ein Trend an mir vorbeigegangen. Sudoku, ein Kreuzworträtsel für Zahlenliebhaber. Obwohl ich mich wirklich anstrengte, schaffte ich nicht, eines dieser Rätsel auf der Internetseite zu lösen. Mein Stammgast, den ich in diesem Moment »Sudoku-Man« taufte, stieg in meinem Ansehen. Ein schlauer Kerl, dachte ich mir. Vielleicht konnte ich von dem noch mal was lernen.

Das Ritual von Sudoku-Man zog sich über ein Jahr hin. Ich liebte die Stunde zwischen 8 und 9 Uhr, in der er mit seinen Rätseln am Fenster saß. Durch intensives Beobachten fand ich heraus, dass er jedes Mal die Zeit stoppte, die er benötigte, um ein Sudoku zu lösen. Wenn er besonders schnell war, konnte man mit viel gutem Willen ein Lächeln auf seinen schmalen Lippen erkennen, welches mir gut gefiel.

Auch bemerkte ich, dass er es mochte, wenn ich sein Brötchen besonders dick mit Butter bestrich. Ich hatte dann das Gefühl, dass er mir sogar auf meinen Hintern schaute. Dabei erwischt habe ich ihn allerdings nie.

Der gestrige Tag veränderte dann mein Leben. Sudoku-Man saß bereits rund 20 Minuten im Café, als ein kleiner, schmächtiger Mann mit einem Rucksack die Tür öffnete. Er war sehr nervös, schaute um sich wie ein aufmerksames Erdmännchen. Während er an der Garderobe stand, betrachtete er mich mit Argwohn. Aber auch der lüsterne Blick auf meinen Minirock entging mir nicht.

Der Neue setze sich zu Sudoku-Man. Ich öffnete die ersten beiden Knöpfe meiner Bluse und ging zum Tisch hinüber. »Milchkaffee mit viel Milch«, zischte es durch wenig Zähne. Diesmal verfehlten meine Brüste ihre Wirkung nicht. Ich merkte, wie die Blicke des Neulings mir auch noch lange nach der Bestellung folgten.

Die beiden Männer unterhielten sich im Flüsterton. Sie stoppten sofort das Gespräch, als ich den Kaffee brachte. Dennoch bekam ich mit, dass sie sich am Mittag noch einmal treffen wollten. Draußen hörte man eine Polizeisirene.

Ohne einen Schluck von dem Kaffee zu trinken, verließ der Neuling abrupt das Café. Auch Sudoku-Man blieb an diesem Morgen nicht bis 9 Uhr. Rund zwanzig Minuten später stand er plötzlich vor mir. Er zahlte – zum Glück auch den Kaffee von seinem Bekannten – und gab mir das erste Mal, seitdem er aufgetaucht war, Trinkgeld. Irgendwie hatte ich das Gefühl, dass ich Sudoku-Man nie wiedersehen würde.

Heute war ich schon um 7 Uhr im Café. Ich hielt es zu Hause nicht mehr aus. Wenn Sudoku-Man doch nur noch ein letztes Mal auftauchen könnte, dann würde ich ihn fragen, ob er mich nicht mitnimmt, egal wohin, einfach nur weg.

8 Uhr.

8.15 Uhr.

Scheiße, Mann, er wird nicht wiederkommen. Mal wieder eine Gelegenheit so etwas von verpatzt. Ein Jahr hattest du Zeit, du dumme Vorstadtpunze.

Ich nahm die Zeitung vom Tisch. Seit einem Jahr hatte ich sie nicht mehr morgens gelesen, zu beschäftigt war ich gewesen, Sudoku-Man zu beobachten.

Mord in Meckenheim. Mein Gesicht hätte ich selbst gerne gesehen, als ich ein Foto von Sudoku-Mans schmächtigem Bekannten auf der Titelseite sah. Laut der Bildzeitung war der Bekannte von Sudoku-Man übel zugerichtet und schlecht verbuddelt in einem Meckenheimer Waldstück um 17 Uhr gefunden worden. Der Mann hatte vor einiger Zeit einen Bankraub mit einem Freund verübt. Während der Freund nie identifiziert worden war, suchte man Sudoku-Mans Bekannten schon rund eineinhalb Jahre. Untergetaucht war er angeblich – im Ausland.

Eine große, gelbe Hand zog mir die Zeitung aus der Hand. Die Fingernägel der Hand waren mit Erde verschmutzt. Mein Puls beschleunigte schneller als die Yamaha V-Max meines Ex-Freundes aus Euskirchen. Langsam blickte ich nach oben. Vor mir stand – mit einem Koffer in der Hand – Sudoku-Man.

Und dann begann Sudoku-Man wahrscheinlich mit dem längsten Monolog seines Lebens: »Ich sollte mich in der Eifel ruhig verhalten – was kann man hier auch anderes machen. Wir vernichteten alles, was jeweils auf den anderen hindeuten konnte. Karl nahm die Kohle mit. Er wollte ein wenig verschwinden und ein paar von den sicherlich registrierten Scheinen auf der Welt verteilen. Vereinbarter Treffpunkt war zwischen 8 und 9 Uhr in diesem Café. Wenn die Luft rein ist, sollte ich Sudoku spielen.« Sudoku-Man sah mir tief in die Augen. Er trug heute keine Sonnenbrille. Seine Augen schienen nur aus Pupillen zu bestehen, die mir einen Einblick in das schwarze Innere seines Kopfes gewährten. »Nur das verdammte Datum für unser Treffen haben wir vergessen auszumachen... Ich wusste nicht, wo Karl steckt, Karl wusste nicht, wo ich stecke, und wir vergessen das verdammte Datum auszumachen. Verdammte Hurenscheiße, verdammt, verdammt.«

Die Bildzeitung lag in kleinen Schnipseln verteilt auf dem Boden. Ich glaube, Sudoku-Man bemerkte gar nicht, wie er sie während seiner Ausführungen zeriss.

»Karl meinte, er habe das Geld verloren. Haha, dass ich nicht lache. Einen Rucksack mit 700.000 Euro verloren! Wahrscheinlich in der Bahn liegen gelassen, bevor wir uns gestern hier trafen, behauptete er. So eine selten beschissene Lüge habe ich seit der Mondlandung nicht mehr gehört.« Dann packte mich Sudoku-Man am Hals, schlug mich hin und her, als wollte er das Geld aus mir herausschütteln, und brüllte los: »Ein Jahr warte ich hier auf ihn. Verstehst du, ein verdammtes Jahr. Ich hasse es früh aufzustehen. Ich hasse es zu warten und ich hasse Sudokus. Aber am meisten hasse ich es, verarscht zu werden.«

Ich war mir sicher, dass Sudoku-Man nun eine Pistole ziehen würde, um mir, der einzigen Zeugin, ein schönes Loch in den Schädel zu treiben. Oft genug hatte ich dies im Fernsehen gesehen. Aber es kam anders. Sudoku-Man ließ mich los und drehte sich langsam um. Wie John Wayne, der dem Horizont entgegenreitet, verließ er das Café und ging in Richtung Bahnhof.

Ich stand wie angewurzelt an der Theke. Etwas in mir schrie: »Los, renn ihm hinterher. Bitte ihn, dass er dich mitnimmt.« Mir war klar, dass er nicht wiederkommen würde. Er musste jetzt erst mal untertauchen, irgendwo, in einem

Ort wie Meckenheim, einem Ort, in dem es keine Menschen gibt.

Endlich konnte ich die Lippen wieder bewegen. »Lass mich hier nicht alleine«, flüsterte ich in das leere Café. Mit immer noch zitternden Händen zog ich den Rucksack unter der Theke hervor, den gestern jemand unterm Tisch vergessen hatte. Er war sehr schwer und roch nach … New York.

Schnüffler in Stöckelschuhen

von Tatjana Kruse

Er sprang auf alles, was ihn nicht abwarf. Sein Penis kannte keinen Pausenknopf. Und er wurde so gut wie nie abgeworfen, weil er nämlich schnuffig war. Sehr schnuffig. Aber er hatte den IQ eines Schokoriegels.

»Bitte, du musst mir helfen!«

»Hör mal, Erpressung ist ein Fall für die Polizei.«

Heulte er etwa? »Ich kann unmöglich zur Polizei. Weil ...«

»Weil was?«

Ja, er heulte. Ich bekam tatsächlich Mitleid. Nach allem, was er mir angetan hatte.

Männer sind wie Schuhe, manche passen besser als andere, und manche sehen fantastisch aus, und man will sie unbedingt tragen, aber sie bringen einem nichts ein außer schmerzhaften Hühneraugen. Er war das Hühneraugenmodell.

Ich seufzte. Deswegen soll man keinen Kontakt zu Exen pflegen. Man wird nämlich nie ganz frei von Restgefühlen.

»Weil du eine Leiche im Keller hast?«, spekulierte ich ins Blaue hinein.

Er schniefte. »Jaaa. Ich darf jetzt nicht in die Mühlen der Bürokratie geraten. Nicht jetzt. Nicht so kurz vor meiner Einzelausstellung in Köln. Köln!«

Wie ich meinen Ex kannte, hatte er mal wieder in postorgasmischer Glückseligkeit einer Frau die Ehe versprochen, ohne es ernst zu meinen. War das heutzutage noch eine Straftat? Ich holte tief Luft. »Also gut, ich komme vorbei und schau mir die Briefe an. Aber mehr nicht!«

»Oh danke, danke, danke.«

Wie gut, dass wir nur telefonierten, sonst wäre er mir um den Hals gefallen und hätte mich welpengleich abgesabbert, und ich wäre womöglich schwach geworden. Ich machte mir eine mentale Notiz, auf jeden Fall meinen Keuschheitsgürtel einzupacken. Dann meldete ich mich mit einer kurzen Erklärung der Sachlage bei meiner Mutter ab, setzte mich in meinen schrottreifen Polo und knatterte in die Eifel.

Genauer gesagt, nach Kronenburg.

Die Herren von Kronenburg brachten sich und ihre Burg erstmals im Jahr 1277 ins Bewusstsein der Geschichtsschreibung. Dumm nur, dass das Geschlecht der Kronenburger schon zu Beginn des 15. Jahrhunderts in der männlichen Linie ausstarb. Ich habe ein Faible für Blaublüter. Christian, der Anlass meiner Reise, war allerdings weder adlig noch besaß er Noblesse. Er war Maler und hatte sich ein paar Monate nach unserer Trennung hier ein Atelier mit Wohnung gemietet, weil er sich bei einem Wochenendausflug spontan in den Ort verliebt hatte. Als ich an diesem Freitagnachmittag eintraf, verstand ich ihn gut. Hoch oben über dem idyllischen Oberen Kylltal scharten sich historische Gebäude um die alte Burgruine. Im Licht der untergehenden Sonne schien der Ort fast magisch zu strahlen. Ich staunte über die Zeitlosigkeit, die Kronenburg zu umgeben schien, holte tief Luft und atmete prompt pure Geschichte ein. Als ich mich in Zimmer 10 im Hotel Kronenburg auf das Bett mit dem weißen Baldachin warf, fühlte ich mich wie eine Prinzessin. Glücklicherweise ohne Erbse.

Doch als ich eine Stunde später an Christians Tür klopfte und ich im allerletzten Licht des Tages eine Rothaarige zur Hintertür in den Garten hinaushuschen sah, fühlte ich mich sofort wieder in die harsche Realität einer abservierten Ex-Frau zurückversetzt.

»Störe ich?«, klirrte ich folglich eisig, als Christian die Tür öffnete. Nur die Tatsache, dass wir uns seit dem Sandkasten kannten, hielt mich davon ab, ihn einfach stehen zu lassen. Oder meine Coccinelle-Handtasche in ein tödliches Geschoss zu verwandeln und seine Schläfenpartie zu zerschmettern.

»Aber nein, ich bin froh, dass du da bist.« Er klang aufrichtig erleichtert. Zitternd nahm er mich in die Arme, und wenn er keine zerstrubbelten Haare gehabt und nicht nach Chanel Nr. 5 gerochen hätte, hätte ich Mitleid mit ihm empfunden.

Christian führte mich durch das nach Farbe riechende Atelier in seinen Wohnbereich, am zerwühlten Bett vorbei zur Küchenzeile. »Wein, ja? Auf dem Gartentisch liegen die Briefe.«

Ich ging hinaus. Von der Rothaarigen war nichts mehr zu sehen, sie musste über das Mäuerchen geklettert sein, das den Garten umgab. Ich nahm die Briefe zur Hand. Billiges Papier. Und ich will ja nicht pingelig erscheinen, aber es handelte sich nicht um Erpresser-, sondern um Drohbriefe.

Nur noch fünf Tage, dann ist es soweit. Niemand entgeht seinem Schicksal. Regele deine Angelegenheiten, und schließe mit allem ab.

Es waren insgesamt fünf Briefe, die einen Countdown einläuteten. Die ausgeschnittenen Buchstaben auf dem letzten Brief warnten:

Nur noch ein Tag. Bist du bereit?

»Und was genau soll ich jetzt tun?«, fragte ich, weil ich hier absolut nichts ausrichten konnte, was ich von vornherein gewusst hatte, aber keine Versuchung ist doch größer als die, einen Ex zu besuchen und sich vor Ort vergewissern zu können, dass es ihm schlecht geht. Richtig schlecht.

Hoppla, die Gäule gingen mit mir durch. Ich riss mich zusammen und inspizierte neuerlich die Briefe in meiner Hand.

Aufgrund des Hochglanzpapiers vermutete ich, dass die Buchstaben aus der Vogue stammen könnten, aber das half uns nicht weiter. Und um Fingerabdrücke abzunehmen, war ich nicht ausgerüstet. Das Einzige, was ich anzubieten hatte, war, ihm die Hand zu halten. Was ich aber nicht tat, weil seine osmotisch in meine Blutbahn eindringenden Pheromone dann sofort die Vernunftecke meines Gehirns lahmgelegt hätten.

»Du bist eine Frau. Frauen haben doch ein Gespür für so was.«

»Mein Gespür sagt mir, dass irgendein abgelegtes Blondchen aus deinem Harem zu Schere und Kleber gegriffen hat, um dir aus Rache Angst einzujagen.«

Christian setzte sich zu mir an den Gartentisch und goss billigen Rotwein in zwei Pappbecher. Karaffe und Kristallgläser gab es immer nur während seiner Verführungsoffensiven. Frauen, die er schon gehabt hatte, also ich, mussten sich – was die Atmosphäre anging – mit dem Zirpen der Zikaden und der ausgehungerten Sichel eines abnehmenden Mondes begnügen. Ich seufzte und nahm einen großen Schluck Wein.

Mein Ex schüttelte den Kopf. »Ich würde dir ja recht geben, aber zufällig weiß ich, dass noch ein Kronenburger exakt dieselben anonymen Briefe bekommen hat wie ich. Und nie im Leben hatten wir beide dieselben Frauen, weil er nämlich ...«

In diesem Augenblick geschah es.

Ein Schuss peitschte durch die Nacht, und die Weinflasche zerbarst in tausend Splitter. Christian ließ sich mit einem Aufschrei unter den Gartentisch fallen, ich war so perplex, dass ich einfach salzsäulengleich sitzen blieb, den Pappbecher noch an die Lippen gepresst.

Meine Güte, da meinte es jemand wirklich ernst!

Am nächsten Morgen stakste ich zu der Adresse des anderen Briefempfängers, die Christian mir aufgeschrieben hatte. Christian selbst hatte eine Ausstellung im örtlichen Kunststall und konnte mich nicht begleiten. Aber ich glaube, das war nur ein Vorwand. Er hatte einfach Angst.

Staken deshalb, weil ich Stöckelschuhe trug, Kronenburg aber durchgängig mit Pflastersteinen ausgelegt schien. Stöckelschuhe auf Pflastersteinen – kein leichtes Unterfangen für eine glattasphaltgewohnte Großstadtfrau.

Doch schließlich stand ich vor einem entzückenden Fachwerkhaus, dunkle Holzbalken, blendend weißer Anstrich, der in der Sonne strahlte, liebevoll bepflanzte Blumenkästen vor den Fenstern.

Ich klingelte.

»Ja?«, meldete sich eine Stimme hinter der geschlossenen Tür. Es war eine angstvibrierende Stimme.

»Ich komme wegen der Drohbriefe«, rief ich. Was auch sonst?

Die Tür wurde nicht geöffnet, dafür aber das kleine, in die Tür eingelassene Butzenfenster. Ich kann mich irren, aber ich glaube, der Mann hielt eine Flinte in der Hand. »Haben Sie die Briefe geschickt?«, fragte er mich vorwurfsvoll.

Ich nahm es ihm irgendwie übel, dass seine Stimme nach kurzem Blick auf mich nicht mehr ängstlich klang. Sah ich etwa nicht aus wie ein Urweib, vor dem man sich fürchten musste?

»Natürlich nicht!«, blaffte ich dementsprechend empört. »Ich komme von Christian. Er hat die gleichen Briefe erhalten wie Sie. Sie sind doch Karl-Friedrich, oder?«

Der Mann schien unglaublich alt. Er starrte mich geraume Zeit an. Womöglich blickte er in meine Seele. Oder er hatte nur vergessen, seine Brille aufzusetzen und konnte jetzt rein gar nichts erkennen. Schließlich öffnete er die Tür. Und ja, er hielt eine Flinte in der Hand. Besser gesagt, eine Büchse aus den napoleonischen Kriegen.

»Das muss aber diskret behandelt werden«, verlangte er und sah mich streng an.

Ich nickte.

»Schalten Sie auf gar keinen Fall die Polizei ein. Das würde meine Ehe gefährden. Es war ein einmaliger Ausrutscher. 1977. Auf dem Stadtfest zur 700. Wiederkehr der ersten urkundlichen Erwähnung von Kronenburg. Es hatte nichts zu bedeuten, aber es würde Hannelore das Herz brechen. Zu niemand ein Wort, verstanden?«

Ich schüttelte den Kopf.

»Bei Christian und Egon ist das was anderes, die sind alleinstehend. Aber ich muss Rücksicht auf meine Frau nehmen.«

»Wer ist Egon?«

»Mein Nachbar. Er hat diese Briefe auch bekommen.«

Und dann, gerade als ich mein rotes Moleskine-Notizbuch zücken wollte, um mir Egons Daten zu notieren, tat es einen Knall, und die kleine Butzenscheibe des Türfensters zerbarst zu einem Scherbenregen. Ich warf mich schützend auf den Greis. Gemeinsam gingen wir zu Boden. Hörte ich Knochen knirschen? Womöglich. Aber das Knirschen ging in dem gewaltigen Donner unter, der unsere Trommelfelle und die Sammeltassen in den Anrichten sämtlicher Häuser der Gasse zum Scheppern brachte, als sich doch tatsächlich ein Schuss aus der Büchse des Alten löste.

Ich trank mich im Café Zehntscheune durch sämtliche Brände und Liköre der Kronenburger Destille, nicht etwa draußen im Außenbereich, trotz des herrlichen Wetters, da hätte ich ein allzu leichtes Ziel abgegeben, sondern drinnen, in der urigen Kaminecke. Die Chefin riet mir zu Eifeler Kartoffelsuppe, damit mir der Alkohol nicht gar so schnell in den Kopf stieg, aber ich lehnte ab. Ich wollte vergessen. Und zwar sofort.

Nachdem ich Karl-Friedrich die Glassplitter aus dem Pullunder gezupft und mich versichert hatte, dass er unverletzt war, hatte er mir die Tür gewiesen. Seine Hannelore konnte jeden Moment vom Einkaufen zurückkehren. Und trotz des Schusses wollte er keine Polizei eingeschaltet wissen. Mit einem Surren in den Ohren hatte ich daraufhin einen Ort gesucht, an dem ich mich im Schutz von vier Wänden in eine bessere Welt trinken konnte.

Außer mir saß nur noch eine Frau in den Innenräumen des Cafés, ganz am anderen Ende, in die Lektüre der Speisekarte vertieft. Aber sie ging, als ich kam. Wahrscheinlich machte ihr mein irrer Blick Angst. Im Vorbeigehen sah ich ihre roten Haare unter der Baskenmütze, und kurz keimte ein Verdacht in mir auf, aber sie war zu alt für Christians Beuteschema.

Wenn man an den Teufel denkt ...

»Mein Gott, ich habe eben davon gehört! Karl hat angerufen und mir alles erzählt.« Christian ließ sich außer Atem neben mir nieder. Er trug tatsächlich einen Trench mit hochgeschlagenem Kragen. Man sagt ja immer, dass Alkohol die Sinne benebelt, aber mir wurde in diesem Moment kristallklar, dass Christian ein Idiot war und ich auch, weil ich ihn immer noch (fast) unwiderstehlich fand. Vor allem in diesem Augenblick. Wo er aus jeder Körperpore Besorgnis verströmte und meine Hände an seine Lippen zog und mir Küsse auf die heiße Haut hauchte.

»Du darfst jetzt nicht aufgeben!«, verlangte er mit zittriger Stimme. »Mein Leben ist in Gefahr. Wenn mir etwas passieren sollte ... all die Kunstwerke, die dann ungemalt blieben ...«

Aha. Die Handküsse waren reine Automatismen, das machte er immer, wenn er mit einer Frau vor einem Kamin saß. Und die Besorgnis seiner Körperporen galt nur sich selbst. Ich war ernüchtert. Aber nicht nüchtern.

Nur so ist es zu erklären, dass ich »Was man anfängt, soll man auch beenden, ich schnüffele noch ein bisschen weiter« lallte und ihm einen Kuss auf den Mund drückte.

Dann lehnte ich mich zurück, mein Kopf sackte in den Nacken und gleich darauf war ich eingeschlafen.

Ganz in der Nähe von Kronenburg ist die Kyll zu einem Hochwasserrückhaltebecken aufgestaut, dem Kronenburger See. Als ich am späteren Nachmittag mit vom Sitzschlaf steifen Gliedern dort eintraf, sah man nichts als das saftige Grün der Bäume und das funkelnde Blaugrün des Wassers und die goldenen Sonnenstrahlen. Die Eifel von ihrer schönsten Seite. Ich machte ein Handyfoto.

Egon erkannte ich aufgrund der Beschreibung seines Nachbarn Karl-Friedrich gleich. Sieht aus wie ein Eichhörnchen, hatte Karl-Friedrich gesagt, und tatsächlich, vor dem Kiosk saß ein unbefellte Eichhörnchen und las die Eifelzeitung.

»Ich komme wegen der anonymen Briefe«, flüsterte ich, wie eine Geheimagentin ein Codewort flüstern würde.

»Nicht hier«, flüsterte Egon zurück.

Wir hatten offenbar dieselben Filme gesehen.

Wir machten uns auf den Rundweg um den See. Eine Zeitlang spazierten wir schweigend, zu viele potenzielle Mithörer, selbst an diesem Werktag außerhalb der Ferienzeit, doch irgendwann waren wir allein auf weiter Flur.

»Wann immer möglich, bin ich hier am See. Ich liebe die freie Natur.« Egon war ein vom Hals abwärts sehr distinguiert wirkender Pensionär in einem strahlend weißen Leinenanzug. Weiß schien die Kronenburger Lieblingsfarbe zu sein. Vom Hals aufwärts war es mit der Distinguiertheit nicht allzu weit her. Der Eichhörncheneindruck kam daher, dass er unablässig Kekse aus einer mitgeführten Plastiktüte in seine Wangen stopfte. Er kaute nicht, er stopfte sich nur die Wangen aus. Wahrscheinlich wurden die Kekse vom Speichel zersetzt.

»Sie haben also auch diese anonymen Briefe bekommen?«, wollte ich wissen.

Er nickte. »Sehen Sie mein Profil?«, fragte er mich.

Ich sah es. Ein Eichhörnchenprofil.

»Ich bin mit dem Grafen Kuno von Manderscheid-Schleiden verwandt.«

Adel? Mein Interesse war geweckt. Gut, ich hätte mir gern etwas Herzoglich-Fürstlich-Prinzenhaftes gewünscht, aber ein Graf tat es auch.

»Es gibt ein Steinrelief von Kuno aus dem frühen 16. Jahrhundert. Und die Ähnlichkeit ist frappierend. Vor allem die Nase! Das ist doch die Manderscheid-Nase, nicht?«, meinte er kokett und drehte seinen Eichhörnchenkopf von links nach rechts und wieder zurück.

Ich sagte besser nichts.

Egon strahlte und stopfte sich eine neue Ladung Kekse in die Wangen. »Kuno von Manderscheid gab 1492 die Anregung zum Bau der Pfarrkirche. Ein wichtiger Mann. Ein großer Mann. Ich bin sein Nachkomme. Ja gut, 1780 erlosch die Familie Manderscheid im Mannesstamm, aber meine genealogischen Forschungen stimmen mich zuversichtlich, dass ich in direkter weiblicher Linie mit Kuno verwandt bin.«

»Und damit kann man erpresst werden?« Ich blickte es nicht.

Egon zog eine Schnute. «Möglicherweise habe ich bei meinen genealogischen Forschungen hin und wieder ...« Es fiel ihm sichtlich schwer, es auszusprechen.

»Einen Stammbaumnachweis getürkt?«, kam es mir problemlos über die Lippen. Aha, also kein echter Blaublüter. Er konnte mich nicht zur Gräfin machen. Ich muss zugeben, ich war enttäuscht. Bei einem echten Adeligen wären auch dreißig Jahre Altersunterschied und moppelige Eichhörnchenwangen kein Hinderungsgrund gewesen – aber so? Ich seufzte.

Und als ich gerade fragen wollte, ob er bezüglich der Autorenschaft der anonymen Briefe eine Ahnung hegte, hörte ich es. Das Zischen in der Luft. Das Zischen einer fliegenden Kugel.

»Runter!«, gellte ich, aber es war schon zu spät.

Wir lagen in einem Meer aus Bröseln. Die Kugel hatte die Tüte mit den Keksen erwischt.

»Alles in Ordnung?«, fragte ich Egon.

Seine Eichhörnchenwangen wirkten verdächtig eingefallen. Ich machte mir Sorgen.

»Alles bestens«, sagte er und richtete sich auf.

Aus den Augenwinkeln sah ich in der Ferne eine Gestalt im Fluchtmodus. Ich sprang auf die Beine und hastete hinterher, aber in meinen Stöckelschuhen hatte ich keine Chance. Jeder Schritt eine Qual, lautes Japsen nach Luft, ein Brennen in den Zehen. Jetzt könnte man natürlich einwenden, dass eine gute Detektivin in so einer Situation die Stöckelschuhe von den Füßen streift und barfuß rennt, was das Zeug hält. Aber so was bekommt man nur aus dramaturgischen Gründen im Fernsehen zu sehen. Im wirklichen Leben war es so, dass ich meine geliebten Jaguarpumps (Deichmann, 3 zum Preis von 2), die meine Knöchel so verdammt schmal aussehen ließen, nicht zurücklassen würde – *semper fi*. Wozu auch? Ich hatte die Gestalt erkannt und wusste, wo ich sie schon einmal gesehen hatte. Deshalb bestand absolut kein Grund, warum ich durch unnötiges Sporteln ins Transpirieren kommen sollte.

»Es tut mir so leid. Ich hielt es für eine innovative Marketingidee.« Hannelore Schröttel schluchzte auf.

»Es war eine blöde Idee!«

Damit hatte ich sie getroffen. »So blöd auch wieder nicht. Schließlich warten alle Betroffenen voller Spannung auf den morgigen Tag.«

Der morgige Tag war die Eröffnung von Hannelore Schröttels astrologischer Praxis im Burgbering.

»Weil sie wegen der Drohbriefe Angst haben!«

»Das sind keine Drohbriefe, das sind Aufmerksamkeitscatcher.«

Hannelore Schröttel war nicht nur das Ehegespons von Donnerbüchsengreis Karl-Friedrich, wie mich die Wirtin der Zehntscheune auf Anfrage hatte wissen lassen, sie war auch eine diplomierte Astrologin, wie ich den Fernlehrgangszertifikaten an der Wand entnahm.

»Morgen tritt der Krebsmond in den Uranus! Außerdem steht der Saturn im Quadrat zu Pluto!«, dozierte Hannelore mit Leidenschaft. »Das ist für alle Jungfraugeborene der absolute Neubeginn. Alles, was war, zählt nicht mehr. Eine totale Umwälzung. Nur darauf wollte ich mit meinen Briefen hinweisen. Hier, das ist der Brief, den ich heute verteilen wollte.«

Sie drückte mir eine Briefvorlage in die Hand, auf der in der Tat Astrologisches stand – diesmal nicht in Buchstabenschnipseln, sondern in schnörkeliger Schönschrift –, sowie eine Einladung zur morgigen Praxiseröffnung und ein kostenloses Halbjahreshoroskop für alle Jungfraugeborenen mit Aszendent Krebs (andere Jungfrauen 30% Rabatt).

»Und das hat jeder in Kronenburg bekommen?«, fragte ich.

Hannelore sah mich mitleidig an. »Natürlich nicht! Ausschließlich die im Zeichen der Jungfrau Geborenen!«

Das waren nur eine Handvoll Leute, wie sich herausstellte, dazu Egon und Karl-Friedrich und Christian.

»Als ich vom Einkaufen nach Hause kam, da sah ich Sie mit meinem Mann an der Tür und hörte, wie Sie über die Briefe und Egon sprachen und zum ersten Mal dämmerte mir, dass man meine harmlose Publicityaktion auch missverstehen konnte. Und da ...«

»... und da haben Sie auf uns geschossen!«, warf ich ein.

Hannelore erbleichte. Wirklich. Sie wurde auf einen Schlag weiß. Das typische Kronenburgweiß eben. »Nein!« Sie schluckte schwer. »Ich hörte einen Schuss und bekam es mit der Angst und versteckte mich. Den Karli habe ich dann erst mal allein gelassen, der kommt schon zurecht, und ich hätte mich nur wieder über die antiquarischen Waffen im Haus aufgeregt. Ich wollte wissen, was Sie unternehmen, und als ich merkte, dass Sie zum Café gingen, bin ich vorgelaufen, aber dann kam Christian, und Christian ...« Ihre Stimme verlor sich.

Aha. Also doch. Sie war die rothaarige In-den-Garten-Huscherin gewesen. Offenbar hatte Christian als Provinzbewohner sein Beuteschema signifikant erweitert.

Ich sah sie an, eine mittelalte, mit einem Greis vermählte Rotgefärbte, na ja Orangegefärbte, die dem Leben noch einmal etwas Selbstverwirklichung und Glück abtrotzen wollte, astrologisch und in der Horizontalen. Also quasi wie ich, nur mit Sternengedöns.

Ich glaubte ihr.

Die Frage erhob sich, wenn der Schütze gar nicht in Zusammenhang mit den vermeintlichen Drohbriefen stand, was war dann sein Motiv? Und wer war der Schütze?

Ich saß unter einem – natürlich weißen – Sonnenschirm auf der Terrasse meines Hotels.

Allmählich dämmerte mir, dass nur eine Erklärung übrig blieb: Die Schüsse hatten gar nicht Christian oder den anderen Männern gegolten. Die Schüsse galten mir!

Meine Knie wurden weich. Gut, dass ich schon saß.

Wer konnte es auf mich abgesehen haben? Sicher kein Ex-Lover. Davon gab es nicht viele, und keinem von denen traute ich den Umgang mit einer Waffe zu.

Vielleicht ein Inkassobürogeldeintreiber? Ich hatte noch ein paar Außenstände. Aber so riesig waren die nicht. 250 Euro bei einem Versandhaus und die 3,50 Euro bei meinem Metzger, als ich letzte Woche meinen Geldbeutel vergessen hatte.

Ein russischer Auftragsmörder, der mich mit jemand verwechselt hatte? Man sagte mir nach, dass ich einer Nachrichtensprecherin ähnlich sah. Ich nenne keine Namen.

Und in diesem Moment tat es einen Knall, und mein leeres Campariglas zerbarst in tausend Stücke.

Das ging zu weit!

Ich hatte keine Lust mehr auf pseudokriminelle Ermittlungen. Das Einzige, was mich hätte weitermachen lassen, wäre eine Lobotomie gewesen, aber für chirurgische Eingriffe hätte man in die nächste Kreisstadt fahren müssen, und da konnte ich auch gleich nach Hause. Folglich packte ich meine Koffer.

Jede halbwegs vernünftige Frau hätte sich daraufhin in ihr Auto gesetzt und wäre schnurstracks losgefahren, ich dagegen sprühte mich mit *Very Irresistible* von Givenchy ein und stöckelte auf einen letzten Abschiedskuss zu Christian.

Wieder senkte sich der Abend über Kronenburg. Ein paar Versprengte waren noch unterwegs, aber als ich vor Christians Häuschen stand, war ich allein.

Dachte ich.

Dann hörte ich das Atmen. Nein, es war kein erregtes Lusträcheln, das aus den Ritzen des Gemäuers und unter der Haustür hindurch an meine Ohren drang. Aus meiner Beziehungszeit mit Christian wusste ich, wie es klang, wenn ich unerwartet nach Hause kam und er gerade auf einer Fremdfrau schnaufte.

Nein, es war der Atem des Todes.

Und da hörte ich auch schon den Knall, und das Holz der Haustür vor mir splitterte.

So nicht!

Ich packte die teure Weinflasche, die ich Christian hatte schenken wollen, am Hals und rannte in die Richtung, aus der der Schuss gekommen war. Das hatte nichts mit Mumm oder Tollkühnheit im Angesicht des Todes zu tun, das war eine rein hormonelle Reaktion. »Wer ist da? Was wollen Sie?«, brüllte ich und schwenkte einschüchternd die Rotweinflasche.

Und blieb abrupt stehen.

Den Geruch kannte ich doch? Er waberte mir ein paar Schritte weiter vorn aus der schmalen Gasse mit den Steinstufen entgegen. Ich wagte nicht, weiterzugehen. Das war auch nicht nötig. Der glänzende Lauf einer Waffe tauchte plötzlich hinter der Hauswand auf, dann eine Hand, dann ein Arm und schließlich ein Gesicht.

Ich schluckte. »Mutti?«

»Fünfundzwanzig Jahre Mitgliedschaft im Schützenverein, die goldene Nadel des Kreisschützenverbands, viermal in Folge der erste Platz im Schweinepreisschießen – und du glaubst, du wärst auch nur eine Sekunde lang in Gefahr gewesen?« Mutti war Fleisch gewordene Empörung.

»Du hast auf mich geschossen!«

Wir saßen am Gartentisch von Christian. Christian hatte sich im Haus verbarrikadiert.

»Ich schieße doch nicht auf mein Kind!« Mutter rollte mit den Augen. »Liebes, als du angerufen und gesagt hast, du willst zu diesem Nichtsnutz, diesem Weiberheld, diesem Hallodri, diesem Lotterbuben, diesem elenden ...«

»Mutti!«

Mutter atmete langgezogen aus. »Ich hatte Angst, du kehrst zu ihm zurück. Ich kenne dich doch. Du bist schwach. Das sind die Gene deines Vaters.« Sie streichelte mir über die Wange. »Du bist nicht wie ich – dir ist es nicht gegeben, einen Seitensprungjunkie zu einem treuen Gefährten umzuerziehen.«

Ich musste an Psycho denken und an die mumifizierte Mutter, die auf dem Dachboden an den Schaukelstuhl gefesselt war. Ein verlockender Gedanke.

»Ich habe dir nur einen Schreck einjagen wollen, Kleines. Ich habe auf Flaschen oder Fenster oder Türen gezielt. Und es hat ja auch zum Ziel geführt, du hast deine Sachen gepackt und wolltest dich aus dem Staub machen.« Mutti drehte sich auf dem Gartenstuhl zum Haus und brüllte lautstark: »Können wir endlich einen Korkenzieher und zwei Gläser bekommen!«

Ich seufzte. Das tat ich in letzter Zeit oft. Dieser Seufzer galt meinem festen Vorsatz, mich niemals fortzupflanzen. Die Gefahr, versehentlich etwas wie Mutti zu produzieren, war einfach zu groß.

In diesem Augenblick trat Christian zögernden Schrittes aus der Tür, ein verunglücktes Lächeln im Gesicht, einen lila Farbklecks auf der Stirn, einen Korkenzieher und zwei Kristallgläser in der Hand.

Habe ich schon gesagt, wie schnuffig er aussah?

Und prompt spürte ich, wie ich schwach wurde. Wozu gab es Verhütungsmittel? Ein Lächeln umspielte meine Lippen.

Jetzt musste ich nur noch Mutti loswerden ...

Café Sherlock

von Uwe Voehl

Das Schneetreiben hatte vor einer halben Stunde eingesetzt. Mittlerweile schienen die Scheibenwischer den Kampf gegen die Flocken zumindest zeitweise aufgegeben zu haben. Selbst auf die Hinweisschilder und Ampeln hatte sich der Schnee wie eine rasch wuchernde Schimmeldecke gelegt.

Von dem Ortsschild, das ich gerade passiert hatte, las ich nur die Buchstaben *ille*, konnte mir aber denken, dass es sich um Hillesheim handeln musste. Gott sei Dank, nicht mehr allzu weit zur A1, die so unvermittelt in der Eifel einfach aufhörte – zumindest für mich, als Kölner. Für den Eifeler entsprang sie wahrscheinlich hier. Genauso wie er wahrscheinlich glaubte, dass die Eifel nicht der Arsch, sondern der Nabel der Welt sei.

In einer scharfen Linkskurve brach der Wagen aus. Hilflos musste ich mitansehen, wie er wegrutschte. Zum Glück war niemand unterwegs. Der Wagen schlitterte an einer Hausmauer entlang und blieb plötzlich stehen.

Hätte schlimmer kommen können, dachte ich. Ich schnallte mich los und öffnete die Tür. Augenblicklich hüllten die Schneeflocken mich ein.

Der Wagen war genau in einer Einfahrt zum Stehen gekommen. Auf einem Schild las ich *Café Sherlock*. Hinter den Fenstern brannte Licht. Ein starker Kaffee konnte eigentlich nicht schaden. Auf den Autobahnraststätten würde er doppelt so teuer sein und sicherlich nur halb so gut schmecken.

Ich betrat das Café und schüttelte den Schneemantel ab, der mich mittlerweile bedeckt hatte.

Das Interieur des vermeintlichen Cafés erinnerte mich an ein Museum. Das Mobiliar wirkte antik, ein wenig verstaubt und zusammengesucht zwar, aber durchaus gemütlich.

»Oh, ein Gast!«, vernahm ich eine freundliche Stimme aus dem Halbdunkel. »Und ich wollte schon gerade schließen!« Ich erkannte eine Frau, um die Dreißig, mit halblangem, braunem Haar. Sie lächelte mir entgegen. »Suchen Sie sich einen Platz aus – es sind alle frei. Und heute wird auch kein Gast mehr kommen, fürchte ich. Heute tanzen sie alle in den Mai – oder bleiben gleich zu Hause wegen des Schneefalls. Von woher kommen Sie?«

Offensichtlich sah man mir den Fremden an der Nasenspitze an. Ich erzählte ihr, dass ich auf dem Rückweg nach Köln sei und mich mehr oder weniger der Schneefall hier reingetrieben habe.

Sie lächelte verständnisvoll. »Ich bringe Ihnen jetzt erst einmal einen Kaffee *Schwarzer Tod*«, sagte sie. »Oder lieber einen *Chocolat Poirot* oder *Miss Marple Tea*?«

»Kaffee reicht, aber ohne Tod bitte«, sagte ich, und sie verschwand.

Während ich mich in einem behaglichen Polstersessel allmählich entspannte, studierte ich die Speisekarte und schaute mich um. Hinter mir ragte eine Schaufensterpuppe in einer Bobbyuniform auf. Fast hatte ich das Gefühl, dass sie mich beobachtete ...

Die Wände waren mit Filmplakaten und Erinnerungsstücken verziert. *12 Uhr 50 ab Paddington, Mord im Orient-Express, Der Hexer* ... dazwischen Autogrammkarten von Horst Tappert bis Sean Connery.

Der Tisch, an dem ich saß, wies in der Mitte einen gläsernen Einsatz auf, der liebevoll mit alten Büchern, Manuskripten und typischen Requisiten dekoriert worden war, wie man sie aus Sherlock-Holmes-Filmen kannte.

Plötzlich hörte ich Schritte. Ich freute mich schon auf den Kaffee, als ich sah, dass es sich um eine andere Person handelte. Die Frau war sehr viel älter als die Bedienung und wirkte mit ihrem altmodischen Kostüm wie eine der Puppen um mich herum. Sie war blass, und ihre Figur wirkte zerbrechlich.

»Ich bringe Ihnen den Kaffee«, sagte sie und stellte ihn mir hin. Ihre Finger zitterten leicht, sodass das heiße Getränk auf den blümchenverzierten Unterteller und von dort auf meine Hose schwappte.

Ich zuckte zurück, während die schrullige Alte ein »Oh Verzeihung!« ausrief.

»Ist ja nichts passiert«, sagte ich verärgert, während ich sie davon abhielt, mit ihrem geblümten Taschentuch den Schaden wegzuwischen. So wild war es wirklich nicht.

Anstatt sich wieder zu entfernen, nahm sie auf dem gegenüberstehenden Sessel Platz und beobachtete mich mit ihren wachen Augen, die viel jünger wirkten, als ihr zerbrechlicher Körper Glauben machen wollte.

Ich bemühte mich, ihren scharfen Blick zu ignorieren, während ich an der Tasse nippte. Es funktionierte nicht.

»Nein, wie ein jähzorniger Mörder benehmen Sie sich nicht«, sagte die Alte zu meiner Verblüffung. »Sie sind noch nicht einmal aus der Haut gefahren, als ich sie verbrüht habe.«

»Wie kommen Sie darauf?«, fragte ich.

»Vielleicht sind Sie ja eher einer von der kaltblütigen Sorte«, fuhr sie ungerührt fort. »Sie haben gerade bewiesen, dass Sie sich im Zaum halten können.«

Die Alte war verrückt. Oder sie ließ sich allzu sehr von dem Ambiente des *Café Sherlock* inspirieren.

»Ich will einfach nur in Ruhe meinen Kaffee trinken, bevor ich weiterfahre«, beharrte ich. Ich hatte keine Lust, die kurze Pause mit einer Verrückten zu verschwenden.

Sie erhob sich. Ein kleines Lächeln umspielte ihre Mundwinkel. »Ihr jungen Leute tut so, als hätten wir Alten nicht mehr alle Tassen im Schrank, aber wir Alten wissen, dass ihr Jungen sie nicht mehr alle habt!« Und damit verschwand sie.

Ich atmete auf.

In diesem Moment wurde die Eingangstür aufgestoßen, und der Schneesturm wehte eine schwarz gekleidete Gestalt herein. »Sauwetter«, schimpfte der Mann, bei dem es sich augenscheinlich um einen Priester handelte. Er war von kleiner, gedrungener Gestalt, und sein absonderlicher Hut umgab seinen runden Kopf wie ein Heiligenschein. Er schüttelte den Schnee vom Schirm. Erst danach nahmen seine grauen Augen mich wahr. »So sehen Sie also aus«, sagte er. Und bevor ich überhaupt etwas erwidern konnte, fuhr er fort: »So wie alle Mörder: Man sieht es Ihnen nicht an.«

Ich lachte auf. »Jetzt begreife ich, was hier läuft. Eine Art Scharade, oder?«

Er runzelte die Stirn. »Sie meinen, ich spaße?« Er setzte sich, während er mich die ganze Zeit über weiter taxierte. »Der Wagen draußen gehört Ihnen, nicht wahr? Ich habe die Beule vorne rechts gesehen. Wahrscheinlich sind Sie trotz des Wetters zu schnell gefahren? Sie hatten es eilig, stimmt's?«

Ich erwiderte nichts.

Er schüttelte den Kopf. »Die Wege des Herrn sind unergründbar. Wissen Sie, ich versuche jedes Mal, mich in den Kopf des Verbrechers hineinzuversetzen – ich krieche in sein Gehirn, bis ich glaube, selbst der Verbrecher zu sein.« Sein Blick streifte meinen Ringfinger. »Sie sind verheiratet. Ihren Ring haben Sie erst vor Kurzem abgezogen, ich sehe es an dem weißen Streifen. Vielleicht lebte Ihre Frau sogar noch, als Sie mit ihr in die Eifel fuhren ...«

Ich erhob mich abrupt. »Hören Sie auf! Hören Sie auf oder ...?«

»Oder?«, lächelte er mich an. »Wollen Sie einen alten Mann wie mich etwa schlagen? Oder auch ermorden?«

»Vielleicht habe ich mich doch geirrt, Father«, ließ sich eine Stimme vernehmen. Die schrullige Alte war wieder herangekommen. »Ich glaube, er neigt doch zu eher impulsiven Ausfällen.«

»Hören Sie mir beide zu«, sagte ich. »Ich habe keine Lust auf diese Spielchen. Die Fahrt steckt mir in den Knochen. Ich will nur in Ruhe meinen Kaffee austrinken. Meinetwegen können Sie die Scharade weitermachen, wenn ich hier raus bin.«

»Ich sagte Ihnen doch, es ist keine Scharade«, betonte der mit Father Angesprochene. »Es ist uns bitterer Ernst. Gott findet alle Sünder. Bereuen Sie, bevor es zu spät ist!«

»Mir reicht's, danke für den Kaffee!«, sagte ich und erhob mich. Bevor ich mich verabschiedete, musste ich allerdings noch einem dringenden Bedürfnis nachgehen. Ohne ein weiteres Wort ließ ich die beiden stehen und suchte die Toilette. Eine Tür mit der Aufschrift *WC* und einer Abbildung von Sean Connery als James Bond schien mir zu dem richtigen Ort zu führen.

Als ich die Tür aufstieß, musste ich erstaunt feststellen, dass ich nicht der einzige Besucher der Toilette war. Ein älterer, grauhaariger Herr in Jeans und Cordweste zog sich soeben den Reißverschluss zu. Als er mich sah, warf er mir einen brummigen Blick zu. »Hör zu, mein Freund, du befindest dich hier zwar am Arsch der Welt, aber das heißt nicht, dass du irgendwelche Hinterwäldler vor dir hast.«

»Davon bin ich auch nie ausgegangen«, beschwichtigte ich den Grauhaarigen. Ich hatte keine Ahnung, wovon er sprach. Mittlerweile war ich zu der Überzeugung gelangt, es mit einer Horde Verrückter zu tun zu haben.

»Das ist auch gut so«, fuhr er, milder gestimmt, fort. »Denn die Eifel ist eindeutig der schönste Arsch der Welt.«

Ich nickte.

»Nichts für ungut, bin sowieso gleich wieder weg«, sagte der Mann, »wollte mir nur meine Pfeife holen, hatte sie im Café vergessen.«

Als ich die Gaststube abermals betrat, waren sämtliche Gestalten verschwunden. Ich atmete auf.

»Möchten Sie noch einen Kaffee?«, fragte die Bedienung.

»Nein danke!« Ich hatte genug von dieser seltsamen Örtlichkeit. Ich zahlte und zog mir die Jacke über.

»Was haben Sie es denn auf einmal so eilig?«, fragte die Kellnerin besorgt. Die Straßen sind eisglatt. Ich kann Ihnen auch ein Zimmer besorgen, wenn Sie möchten.«

Ich antwortete nicht, denn in diesem Moment verdunkelte sich die Glasscheibe der Eingangstür. Ein schwarzer Schatten hob sich davor ab. Im Profil erkannte ich eine scharf geschnittene Habichtnase, einen Deerstalker und eine gebogene Pfeife. Selbst ich wusste, wer sich dort ankündigte.

Ich fühlte plötzlich Panik in mir aufsteigen. Die Scharade schien noch nicht vorbei zu sein. »Gibt es auch einen Hinterausgang?«, fragte ich.

Sie nickte. »Dort neben der Theke – aber warum?«

Ich hastete an ihr vorbei, zurück in die Kälte, zurück ins Schneetreiben. Ich lief um das lang gestreckte Gebäude herum, bis ich meinen Wagen erreichte. Im Café war es stockdunkel.

Mit zitternden Händen schloss ich den Wagen auf, ließ mich auf den Sitz fallen und startete den Motor.

Ich setzte zurück und kam schlingernd zurück auf die Straße.

Als ich noch einmal zurückblickte, gaukelten mir die Leuchtbuchstaben des *Café Sherlock* für einen Moment einen ganz anderen Namen vor: *A Casa del Diavola*. Meine Nerven ...

Dann gab ich Gas. Es war mir gleichgültig, dass der Schnee mich mit Blindheit schlug ...

* * *

»Dieser Irre! Bei dem Wetter derart zu rasen. Zum Glück hat er nicht noch andere Leute mit in den Tod gerissen«, schimpfte der Polizist. »Komisch, letztes Jahr um diese Zeit hatten wir doch schon mal so einen Todeskandidaten. Das war auch in der Walpurgisnacht.«

»Der reinste Selbstmörder«, setzte eine zweite Stimme hinzu. Mit scharfem S. Wahrscheinlich Italiener. Na ja, heutzutage nahmen Sie jeden bei der Polizei. »Frage mich nur, was er in dem Kofferraum transportiert hat. Alles voller Blut, Madonna ...«

»Wir werden es bald erfahren«, erwiderte der erste Polizist. »Der Doc sagt, dass er gute Chancen hat, durchzukommen.«

»Aber was ist er gerast hier? Weißt du, wie wir Italiener sagen, wenn wir von diese Gegend sprechen? *A Casa del diavolo!*«

»Sag's doch gleich: Am Arsch der Welt!«, erwiderte sein Kollege.

Während ich die beiden über mein Schicksal debattieren hörte, lächelte ich grimmig. Ihr werdet nie erfahren, wo ich meine Frau entsorgt habe, dachte ich zufrieden. Ich musste an die Worte des Grauhaarigen auf der Toilette denken. Die Eifel war nicht nur der schönste Arsch der Welt, sondern ihre Maare waren auch die tiefsten der Welt. Dort hatte ich sie versenkt. Im tiefsten Arsch der Welt.

Eine Leiche zum Riesling

von CARSTEN SEBASTIAN HENN

Ulrike stocherte lustlos in ihrem gemischten Friseesalat mit Mosel-Aal. Dabei war er knackfrisch, der Fisch zuckte fast noch.

»Schmeckt es dir, Liebes?«, fragte Ulrich Klönke dennoch hoffnungsvoll. »Das ist einer der großen Klassiker hier.« Er hob die Arme, um das Reich zu zeigen, welches er ihr zu Füßen legte. Aus der großen Fensterfront konnten sie einen Teil der Bremmer Moselschleife bewundern, und mit dem Calmont gar den steilsten Weinberg Europas.

Der Blick seiner Ulrike ging jedoch in den Raum, welcher im Glanz der vergoldeten Kronleuchter erstrahlte, den silbernen Tellern und dem Schmuck der anwesenden Damen. Ulrikes Miene verfinsterte sich.

Ulrich legte seine Hand zärtlich auf ihre. »Schau, wie festlich alle gekleidet sind! Ist das nicht richtig schön.« Er blickte ihr tief in die Augen. »Ich … liebe dich.«

Ulrike Klönke lief puterrot an, die Äderchen auf ihren Schläfen traten hervor, als würden sie gleich zerplatzen. »Habe ich das gerade richtig verstanden? Du liebst mich? Wenn du so deine Liebe zeigst, dann wäre es mir lieber, dass du mich hasst!« Sie zog die Luft zischend zwischen ihren Zähnen hindurch, ihre Fäuste schlossen sich um Messer und Gabel.

Sechzehn glückliche Jahre lagen hinter ihnen, doch Ulrich Klönke fragte sich nun ernsthaft, ob er ein siebzehntes erleben würde. Seine Frau richtete nämlich die Zinken der Gabel auf ihn. »Hast du mich mal angeschaut?«, fragte sie mit Eiseskälte. »Ich meine: richtig angeschaut?«

Darauf konnte es nur eine Antwort geben: »Du siehst fabelhaft aus – wie immer, Schatz!« Etwas Spitzes traf ihn am Schienbein. Es fühlte sich an wie ein Eispickel, doch es musste Ulrikes Schuhspitze sein.

»Ich sehe un-mög-lich aus! Aber das ist ja auch kein Wunder! Denn du hast mich ja zu einer Überraschungsspritztour entführt, ohne mir zu sagen, wohin es geht. Dabei hasse ich Überraschungen, das solltest du nach sechzehn Jahren Ehe wissen. Und natürlich habe ich jetzt nicht das Richtige zum Anziehen dabei. Schon bei der Wanderung durch die Weinberge von …«

»… Bernkastel-Kues, am schönsten fand ich es im Bernkasteler Doctor mit seinem verwitterten Tonschiefer und im …«

Sie schnitt ihm das Wort ab: »Ich bin ständig mit meinen Slippern umgeknickt! Und nun sitze ich hier im Freizeitlook. Es ist so beschämend, ich könnte losheulen.«

Ulrich Klönke traute sich nicht nochmals seine Hand auf die ihre zu legen – denn schließlich war Ulrike nun bewaffnet. »Aber ich habe es doch nur gut gemeint, mein Engel! Und hier kocht doch dein geliebter Josef Kufer. Nicht im Fernsehen, sondern für dich!« Ulrich Klönke winkte einen Ober herbei. »Sagen Sie jetzt doch bitte Herrn Kufer Bescheid, dass er an unseren Tisch kommen darf.« Der Angesprochene buckelte und verschwand.

Ulrich goss seiner Ulrike noch etwas Riesling nach, vom Schieferboden, eine fruchtsüße Spätlese, aus Zeltingen-Rachtig. Als Aperitif hatte er einen seltenen Elbling aus Nittel reichen lassen, zum Hauptgang würde es einen Spätburgunder aus Brauneberg geben – der rote Wein musste das Herz seiner geliebten Frau doch erweichen!

Die blickte ihn jedoch immer noch an wie ein tollwütiger Gartenzwerg. »Ich hoffe für dich, dass Kufer wirklich kommt – und sein neues Buch dabei hat.«

Schnell raunte Ulrich einen anderen Ober an. »Holen Sie endlich den Maestro an den Tisch!« Dann versank der Mond über dem Moseltal. Riesling-Kräutersuppe, Weincrewes und Moselzander in Safran-Rivanertraubensoße wurden aufgetischt. Viele Kellner kamen an den Tisch – doch kein Josef Kufer. Die Laune der immer stärker alkoholisierten Ulrike sank.

Und dann kam auch noch Irene!

Sie war der Grund, warum diese panisch organisierte Überraschungsreise überhaupt nötig war. Irene, seine Jugendliebe, mit der er sich zu einem Spaziergang getroffen hatte. Einem harmlosen Spaziergang! Es war nichts passiert, sie hatten nur über die alten Zeiten geredet. Ein kleiner Abschiedskuss, auf die Wange, das war alles gewesen! Natürlich hatte er seiner Ulrike nichts davon erzählt, denn sie war doch immer so schrecklich eifersüchtig.

Aber dann hatte sie alles herausgefunden.

Eigentlich sollte Irene längst wieder zurück in den Staaten sein. Jetzt küsste sie ihn zärtlich. Auf die Lippen. Hätte er ihr doch bloß nicht von diesem Restaurant vorgeschwärmt!

Ulrike stieg der Dampf aus den Ohren.

»Und Sie müssen Ulrike sein, freut mich sehr.« Irene reichte ihr die Hand. »Ulrich hat mir so viel über Sie erzählt – natürlich nur Gutes. Ich habe Sie mir aber ganz anders vorgestellt.«

»Wie denn?«, fragte Ulrike zuckersüß.

»Viel älter, und nicht so schlank.« Sie lehnte sich zu ihr. »Und ich finde es ausgesprochen mutig, dass Sie hier in *casual dress* sitzen – es geht mir auch immer viel zu steif in Deutschland zu.« Sie kicherte. »Dann will ich nicht länger stören. Hat mich sehr gefreut!«

»Mich noch viel mehr«, erwiderte Ulrike.

Es kam Ulrich vor, als seien die Temperaturen auf den Gefrierpunkt gesunken. Er nahm einen großen Schluck des rassigen Rieslings – doch seine Lebensgeister kehrten nicht zurück.

Ulrike stand auf. Griff sich ihr Glas (Riesling von der Lage Kröver Nacktarsch) und leerte es mit Schwung auf Ulrichs Anzug. Dann klebte sie ihm eine. Und schrie. Glühbirnen platzten nicht – aber die Glasscheiben wackelten bedrohlich.

Das ist das Ende, dachte Ulrich. Das Ende einer glücklichen Ehe. Er wollte sie mit Mosel, Speis, viel Trank und … einem Buch kitten.

Und genau das würde er jetzt tun!

Er zerrte die zeternde Ulrike durch die Salontür in die Küche des Sterne-Etablissements. Hier würde er Josef Kufer finden! Der stets lächelnde Bartträger würde ein paar lockere Sprüche loslassen, Ulrike in den Arm nehmen, und alles, alles wäre wieder gut. Die Kochbrigade blickte erschreckt auf, als das Gespann in ihre Welt hereinbrach.

»Wo ist Kufer!«, brüllte Ulrich. »Bringt mir Kufer!« Er griff sich eine unschuldige Weinflasche, die dummerweise zum Ablöschen bereitgestellt worden war. Eine grüne Schlegel-Bouteille, wie sie an der Mosel seit Langem Tradition war. Noch verkorkt.

»Lass mich los, du Monster!«, schrie Ulrike derweil und versuchte ein grobes Brotmesser zu greifen. Ein umsichtiger Koch schob es schnell außer Reichweite.

Gleich würde Kufer erscheinen, dachte Ulrich, und seine Ulrike würde ihm dankbare Küsse geben. Vielleicht gewährte sie ihm sogar eine Liebesnacht.

Doch der berühmte Josef Kufer, Erneuerer der Mosel-Küche, Integrierer der römischen Tradition, trat nicht vor sie.

Stattdessen ein kleiner, blasser Mann mit eingedellter Kochmütze. »Wie…«, begann er stotternd, die Hände gleichsam zum Gebet gefaltet, »…darf ich Ihnen behilflich sein?«

»Kufer!«, stieß Ulrich atemlos aus.

»Er ist heute leider, leider nicht zugegen. Verstehen Sie. Ein Fernsehtermin. Ich kann Ihnen aber gerne eines seiner signierten Bücher überreichen. Auf Kosten des Hauses. Mit Empfehlung der Restaurantleitung!«

Plötzlich hörte Ulrich ein metallisches Pling. Irgendwie klang es böse. Es war Ulrikes Ehering, der im brodelnden Öl der Friteuse landete.

»Das war es«, brachte Ulrike nach Luft ringend hervor. »Ich lasse mich scheiden. Und du bekommst nichts!«

Hinter sich hörte er ein Kichern. Es war Irene. Und plötzlich spürte Ulrich, dass alle Restaurantgäste das entwürdigende Schauspiel beobachtet hatten.

In genau diesem Moment setzte sein logisches Denken einfach aus. Er griff in die Friteuse, um den Ring herauszufischen. 180 Grad heißes Öl verwandelte seine Hand in ein knuspriges Stück Fleisch. Der Schmerz raste durch seinen Körper, und Ulrichs Augen stülpten sich aus dem schmächtigen Kopf. Rache!, dachte er und holte mit der wohlgeformten Schlegelflasche aus, um seine Ulrike zu treffen, um ihr Vernunft mit diesem wunderbaren Moselerzeugnis einzubläuen.

Doch sie duckte sich.

Der kleine Koch, der mittlerweile ein signiertes Kochbuch herbeigeschafft hatte, vergaß dies dagegen. Die Glashütte hatte ganze Arbeit geleistet, denn die Weinflasche ging nicht kaputt, wohl aber der Schädel des armen Kochs.

Es dauerte einige Zeit, bis Ulrich wieder atmete. Dann griff er sich wie in Trance das Buch und schlug es auf.

Für Ulrike, stand darin, *Leider konnte ich heute Abend nicht da sein. Aber dein Mann – der dich sehr liebt –, wird dir sicher einen wunderbaren Abend auf moselanische Art bereitet haben. Dein Josef Kufer.*

Ulrich überreichte das Buch seiner Ulrike. Dann beschloss er, in Ohnmacht zu fallen. Er spürte schon nicht mehr, wie ihm seine Ulrike zum Dank einen zärtlichen Kuss auf die Stirn gab.

Der blinde Fleck

von Nele Peerenboom

Ich öffne die Augen. Das Licht bricht sich auf seinem Weg durch den grünen Vulkansee. Der Himmel verschwimmt. Ich hole Luft und atme Wasser. Meine Lunge, meine Adern, meine Zellen füllen sich mit dem Seewasser, und ich fühle mich schwer. Schwer, so schwer, und ich sinke.

Eine Blutspur folgt mir und färbt den jadegrünen See rot.

Plätschern. Lasses verblichener Schatten in der Ferne. Er kehrt mir den Rücken zu und hastet zum Ufer. Seine gelben Gummistiefel hinterlassen Wellen, die nicht mehr zu mir durchdringen.

»Nein!«, schreie ich lautlos, »verlass mich nicht! Du hast es versprochen!«

»Peng! Peng!«, schreit Lasse.

Ich fasse mir an die Brust, da, wo ich mein Herz vermute. Theatralisch stürze ich zu Boden. Das vorübergehend zahnlose Grinsen meines sechsjährigen Freundes schwebt über mir. Die Ketchup-Flasche gibt ein schmatzendes Geräusch von sich, als Lasse mit Präzision unser improvisiertes Kunstblut auf meinem weißen Kleid verteilt.

»Lass das! Das gibt Flecken, und meine Mama meckert dann heute Abend!«, beschwere ich mich.

»Oh, Entschuldigung ...«, stottert er und versucht kläglich, mit seinen kleinen Patschehändchen den Ketchup von meinem Kleid zu wischen. Seine Wangen sind röter als das Ketchup.

Ich richte mich auf und bin ihm plötzlich ganz nahe. Seine klebrige Hand in meiner, gebe ich ihm einen scheuen Kuss. Meinen ersten, unseren einzigen.

»Wir sind verlobt!«, quietsche ich viel zu schrill. Doch heute Abend ist es egal, heute ist mir alles egal. Ich quietsche und schreie und kichere, als wäre es das letzte Mal, und irgendwie stimmt das ja auch. Meine Zeit als Junggesellin ist jetzt offiziell vorbei. Keine Reaktion von Lasse. Vielleicht hat er mich im Getöse der überfüllten Bar nicht gehört.

»Leander hat mich heute gefragt! So richtig mit Kniefall und so! Und das nach nur sechs Monaten! Ich kann es noch gar nicht glauben!« Jedes Wort sollte heute groß geschrieben werden und jeder Satz mit einem Ausrufezeichen enden.

»Ja«, haucht Lasse, »es ist wirklich kaum zu glauben.«

Ich erzähle, und ich kichere, und Lasse raucht und hört zu, so wie er immer zuhört, seit über fünfundzwanzig Jahren nun zuhört. Seine Finger spielen mit der Plastikfolie der Zigarettenpackung, und er zieht an seiner Marlboro, schneller, häufiger als sonst. Die Frequenz seiner Züge erhöht sich proportional zu dem Grad seiner Erregung.

»Lasse?«

Er blickt auf von der Plastikfolie, die inzwischen in Stücke zerfriemelt auf der weißen Tischdecke verteilt liegt.

»Lasse, du warst immer für mich da. All die Jahre, all die vielen, grauenhaften Männer hast du mit mir durchgestanden und immer zu mir gehalten.«

»Sag mal, übst du grade deine Tischrede an mir?«, unterbricht er mich, und sein Witz klingt spröder als sonst.

»Grr, nein, lass mich doch mal ausreden! Was ich sagen wollte – du bist mein bester Freund, Lasse, und ich liebe dich ...!« Er blickt auf, und ich platze mit der Neuigkeit heraus: »Bitte, Lasse, sei mein Trauzeuge!«

Erst sagt er nichts. Eine Weile starrt er mich nur an, völlig überwältigt. Dann nickt er langsam. »Ja, natürlich Mari. Ich tue doch alles für dich.« Seine Stimme knackt, als würden wir durch ein Telefon miteinander sprechen, dumpf. »Würdest du mich jetzt bitte entschuldigen? Ich habe noch einen Termin.«

»Um diese Uhrzeit?«, entgegne ich perplex. »Ach so, Karla und du wollt euren freien Abend ohne den Kleinen feiern?«, grinse ich.

Er lächelt müde. Und dieses Lächeln ist das Letzte, was ich von ihm sehe, vier endlose Wochen lang.

Der Regen fällt in dichten Schnüren herab. Völlig lautlos, ohne Plätschern, als wolle er einen vergessen lassen, dass er überhaupt da ist. Nur ein endloses »Schhh...«, das Geräusch, das meine Mutter gemacht hat, wenn sie mich beruhigen wollte.

»Schhh, meine Kleine, alles wird gut!«, sagt der Regen, nicht wissend, dass er mich nicht mehr beruhigen muss. Vier Wochen rastlose Suche, auf jeder Autobahn, in jedem Hotel, in jedem gottverdammten Landgasthof der Eifel habe ich ihn gesucht, und jetzt steht er hier, einfach so vor mir.

Lasse trägt nur ein dünnes, weißes Hemd, das längst vom Reden trieft, aber es kümmert ihn nicht. Er lehnt an dem Spielplatzgerüst und raucht, als sei nichts, als wäre nie etwas gewesen.

»Was zum Teufel hast du dir dabei gedacht?«, brülle ich. »Ich habe jeden verfickten Stein zwischen Koblenz und Trier umgedreht, und du steht hier seelenruhig an irgendeiner

Autobahnraststätte und rauchst! Verdammt, deine Frau hat sich Sorgen um dich gemacht! Und dein Sohn übrigens auch, falls du grade an Spontan-Amnesie leidest und einfach mal so deine Familie vergessen hast!«

Er sagt nichts. Er schnippt die Kippe in den Sandkasten und versucht sich eine neue anzuzünden. Er tut mir leid, wie er da steht und seine letzte Zigarette im Regen aufweicht. Ich schirme sein Feuerzeug vom Regen ab, und er ist plötzlich wieder Lasse, und ich bin plötzlich wieder Mari. »Warum bist du gegangen, Lasse?«, flüstere ich.

Lasse zieht an der Zigarette und lächelt schwermütig: »Ich bin auf der Flucht.«

»Aber wovor denn, verdammt?«

»Vor mir. Vor dir. Aber egal. Jetzt hast du mich ja gefunden.«

Es ist dunkel, und wir liegen schweigend nebeneinander in einem Ehebett, das für Riesen gemacht worden ist. Morgen verfrachte ich ihn in mein Auto und bringe ihn nach Hause. Ich weiß, dass er nicht schläft, doch wir haben seit Stunden kein Wort mehr gewechselt. Es ist seltsam, direkt neben ihm zu liegen und nicht mit ihm zu sprechen, ihn nicht berühren zu können. Lasse ist mir so nahe, dass ich ihn riechen kann. Ein Duft nach Tabak und frisch gewaschener Wäsche. Er liegt am äußersten Rand seiner Seite, und trotzdem kann ich seine Wärme spüren. Ich möchte ihn nur einmal berühren, ihn einmal so anfassen, wie ich es mich all die Jahre nicht getraut habe.

Tau hängt an den Grashalmen. Die Tiere, die hier an der Grenze zwischen Wald und Laacher See leben, erwachen gerade. Man hört es an ihrem müden Zirpen und Quaken.

Über mir droht der Schatten der Abtei. Ich weiß, wozu er mich an diese Waldlichtung geführt hat, aber ich verstehe immer noch nicht, warum er das tut.

Ich blicke in sein verzweifeltes Gesicht und dann ohne Überraschung in den Lauf der Pistole.

»Versprich mir zumindest, mich nicht zu verlassen«, sage ich.

»Peng, Peng!«, sagt Lasse.

Unter Kollegen

von Harald Bongart

Du hast mich unterschätzt. Doch, hast du. Das war ein Fehler. Ein dummer Fehler. Ich bin dir auf die Schliche gekommen. Damit hast du nicht gerechnet. Gib' es ruhig zu. Es spielt keine Rolle mehr für dich. Na, los! Zeig ein bisschen Großmut. Gib es zu! Nick mit dem Kopf!

Dann eben nicht. Wenn du glaubst, ich würde dir den Knebel entfernen, hast du dich geschnitten. Du würdest noch das ganze Haus zusammenbrüllen.

Interessiert es dich, zu erfahren, wie ich dir draufgekommen bin? Ja? Das dachte ich mir. Eigentlich – ich gebe das ungern zu – war es Zufall. Dein letzter Mann und ich, wir waren ... na, sagen wir mal, Freunde. Wenn es in unserem Gewerbe überhaupt so etwas wie Freundschaft gibt. Sei's drum. Der entscheidende Punkt ist eben der, dass wir nicht nur Freunde, sondern auch ›Kollegen‹ waren.

Genau genommen bist du ja auch eine Kollegin. Das bedingt, dass wir keine Freunde sein könnten. Ja, ja, schon gut. Ich werde jetzt nicht mit dem Spruch von Männern und Frauen kommen, die ohnehin nie Freunde sein können. Ich habe den Film auch gesehen. Mit meiner vierten Frau – Gott hab sie selig. Wir konnten übrigens beide nicht über die Stelle lachen. Was soll's. Ich schweife ab. Wo waren wir stehen geblieben?

Ach ja. Ich sprach davon, dass wir eigentlich Kollegen sind. Vielleicht hätte ich früher darauf kommen können. Dann wären wir jetzt beide nicht hier. Ich wäre mit Günter – das ist übrigens sein richtiger Name, nicht etwa Fred – ich wäre also mit Günter jetzt auf einem Kreuzfahrtschiff in der Karibik unterwegs. Das ist in dieser ... dieser ... toten Jahreszeit das Beste, was man machen kann. Eine ruhige, gemütliche Kreuzfahrt mit reiferen alleinstehenden Damen. Apropos tot: Du wärst jetzt schon Geschichte. Tot, begraben und vergessen. Und von deinem Vermögen würden – der leider viel zu früh verblichene – Günter und ich einen schönen Trip durchs unendliche Blau der Karibik unternehmen. Aber keine Sorge. Wenn ich mit allem hier fertig bin, wirst du auch so tot sein. Da fällt mir ein: Ich habe noch überhaupt keine Ahnung, wie ich deine Leiche entsorgen soll. Na, was soll's. Es wird mir schon etwas einfallen. Eigentlich ist mir immer etwas eingefallen. Obwohl ... bei meinen teuren verstorbenen Ehefrauen musste ja immer die Leiche vorhanden sein, damit das Testament eröffnet werden konnte. Insoweit ist dein Fall also etwas anders gelagert. Sei's drum.

Du brauchst dir übrigens keine Mühe zu geben und zu versuchen, mit dem Stuhl umzukippen. Er wird nicht aus dem Leim gehen. Es gibt nur eine Chance für dich, die Fesseln loszuwerden: Ich müsste sie dir abnehmen. Aber das werde ich nicht tun. So leichtsinnig bin ich nicht. Dafür bist du mir viel zu gefährlich. Ich weiß, dass du einmal mit einem Lehrer für Selbstverteidigung verbandelt warst. Von dem scheinst du einiges gelernt zu haben. Günter hat es am eigenen Leib erfahren. Die Ärzte haben bei der Obduktion einen glatten Genickbruch festgestellt. Verursacht durch einen Treppensturz. Was sie nicht begriffen haben, ist, dass du ihm erst das Genick geknackt und ihn dann erst die Treppe heruntergestoßen hast. Überhaupt habe ich den Eindruck gewonnen, dass du dir von allen deinen Lebenspartnern etwas abgeschaut hast. Vor dem Karate-Freak warst du mit einem Biologen liiert. Der Knabe war – soweit ich herausgefunden habe – ein begeisterter Pilzsammler. Der Handkantenschläger ist übrigens an einer Pilzvergiftung hopsgegangen. Seltsamer Zufall, nicht wahr? Überhaupt spielen die Zufälle in deinem Leben eine wichtige Rolle. Da hast du übrigens den ersten Fehler gemacht. Wenn Zufälle sich so häufen, dass man eine Gesetzmäßigkeit dahinter vermuten kann, dann hat man etwas falsch gemacht. Ich bin deine Ehen durchgegangen. Eine nach der anderen. Mit einem Automechaniker hat es begonnen. Er starb vielleicht eines natürlichen Todes. Vielleicht ... es gab durchaus auch Hinweise auf eine Vergiftung. Seltsamerweise ist die Polizei dem aber nicht richtig nachgegangen. Gut, er hatte schon vor eurer Verbindung einen Infarkt gehabt. Dein zweiter Mann jedenfalls wurde das Opfer eines Autounfalls. Und ich halte jede Wette, du hattest die Finger im Spiel. Er war übrigens – wie wir ja beide wissen – ein begeisterter Wassersportler. Er liebte das Tauchen im Roten Meer. Apropos Tauchen. Ist dein Biologe nicht bei einem Tauchgang ums Leben gekommen? Dann folgte der Karatekämpfer – Pilzvergiftung. Dann ein Sprengmeister, dann Günter. Ich gäb' was drum, zu erfahren, wie du den Sprengmeister beseitigt hast. Er scheint übrigens der Einzige zu sein, dessen Fähigkeiten du dir nicht zunutze gemacht hast.

Du siehst, ich bin gut informiert. Mir ist nämlich per Zufall ein Zeitungsartikel in die Hände gefallen, in dem du abgebildet warst. Es handelte sich, wenn ich mich recht erinnere, um diesen ominösen Tauchunfall. Erst als ich von Günters Ableben erfuhr, habe ich die Sache recherchiert.

Du hast als Krankenschwester angefangen. Hast damals schon hin und wieder lange Finger gemacht. Verständlich. Mit dem bisschen, das eine Krankenschwester verdient, konntest du deinen Drang nach Freiheit und einem Leben im

Luxus nicht befriedigen. Sie sind dir schnell draufgekommen. Wenn mal bei einem Patienten etwas verschwindet, ist es noch sehr wahrscheinlich, dass er es selber verschusselt hat. Das, meine Liebe, ist Zufall. Wenn aber immer öfter Geld verschwindet, und gerade immer dann verschwindet, wenn eine bestimmte Person den Dienst versieht, ja, dann ...

Sie haben dich natürlich gefeuert. Klar. Fristlos. Aber das hat dich nicht aus der Bahn geworfen. Du hast einen privaten Pflegedienst gegründet und deine Arbeit fortgesetzt. Bis ... ja, bis die Zufälle sich wieder häuften. Dann bist du auf die Masche mit dem Heiratsschwindel und damit Günter und mir ins Gehege gekommen. Eigentlich schade, dass wir uns getroffen haben. Du bist wirklich talentiert. Nicht so talentiert wie ich oder Günter, das nicht. Ich frage mich, wie du ihn übertölpeln konntest. Wahrscheinlich hat er nicht mit deinem Angriff gerechnet. Egal. Mir jedenfalls bist du auf den Leim gegangen. Dabei warst du so aufmerksam. Mit Sicherheit hast du gemerkt, dass ich in eines der beiden Gläser etwas eingefüllt habe. Aber genau das war ja der Trick. Du solltest es sehen. Dann musste ich dir nur noch Gelegenheit geben, die beiden Gläser zu tauschen. Zu dem Zweck hatte ich meine beiden Handys so präpariert, dass ich nur noch in die Tasche greifen musste, um mich selbst anzurufen. Und während ich den Raum verließ, hattest du freies Spiel, dir selbst das Glas mit den K.-o.-Tropfen zuzuteilen. Mit anderen Worten, du bist mir gehörig auf den Leim gegangen. Im Grunde hast du dich selbst Schachmatt gesetzt. Du wirst einsehen, dass ich dich ausschalten muss. *C'est la vie. C'est la mort,* sollte ich in deinem Fall wohl besser sagen.

Ich hatte damit gerechnet, dich in Günters Wohnung anzutreffen. Ich bin überzeugt, wir suchen das Gleiche. Finden werde allerdings ich es. So viel steht fest. Denn Günter hat mir verraten, wo ich suchen muss. Damit du nicht ganz umsonst gekommen bist, darfst du dabei sein, wenn ich fündig werde. Es wird das Letzte sein, was du in diesem Leben mitbekommst.

Wie du ja weißt, hatte Günter einiges geerbt. Geld, Wertpapiere und natürlich Schmuck. Wahrscheinlich weißt du es sogar besser als ich, wie viel die einzelnen Schmuckstücke wert sind. Er hat sie in einem Schließfach hinterlegt, welches zusätzlich mit einem Zahlencode gesichert ist. Diesen Zahlencode hat er auf einem raffinierten Weg gesichert – für den Fall, dass einmal ein Dritter in seinem Auftrag den Zugriff auf das Schließfach bekommen soll.

Du kannst dich noch so sehr abmühen, du kommst nicht los.

Sieh dir dieses Prachtstück genau an. Günter hat sie maßstabsgerecht bauen lassen. 1:87 – wenn ich mich nicht irre. Es ist die Bahnstrecke Euskirchen – Bad Münstereifel. Ich glaube nicht, dass du sie kennst. Günter kam aus einem der Dörfchen an der Bahnstrecke. Welches es genau war, ist mir entfallen. Ist auch nicht so wichtig.

He, gib endlich Ruhe. Es scheint dich ja mächtig zu fuchsen, dass du so kurz vorm Ziel gescheitert bist. Pech. Wenn du weiter Zicken machst, werde ich dich ruhigstellen müssen. Also ...

Schon beeindruckend, wie detailgetreu hier gearbeitet worden ist. Sieh' mal hier ... Ach ja. Ich vergaß. Bis hierher kannst du ja von deinem Platz aus gar nicht sehen. Ich beschreibe es dir: Hier, zwischen Iversheim und Bad Münstereifel, die Firma Hettner. Maschinenbau. Haben im Osten bis nach Russland und im Westen sogar nach Übersee geliefert. Bis ins kleinste Detail getroffen. Gleisanschluss, Verladung von Maschinen, alles wunderbar dargestellt. Oder hier. Bahnhofsgebäude Bad Münstereifel. *Michael Melder*, den Laden gibt es heute noch irgendwo innerhalb der Stadtmauern. Immer noch auf frisches Obst und so spezialisiert.

Kann dich nicht vom Hocker hauen, was? – Kleiner Scherz.

Ich komme jetzt zum Wesentlichen. Die Anlage hat – wie Günter mir erzählte – mehrere Stromkreise. Sie lassen nicht nur den Zug fahren, sondern sie lösen auch kleine Spielereien aus. Busse, die über die Landstraßen schleichen. Bauern, die Hand- oder Schubkarren ziehen beziehungsweise schieben. Oder hier: Archäologen bei einem Brennversuch in der Römischen Kalkbrennerei. Passt zwar nicht ganz in die Zeit, aber was soll's. Günter hatte eine Vorliebe für solche kleinen Feinheiten.

Kommen wir jetzt zum Spannendsten. Auf der Anlage sind verschiedene Uhren. Eine davon ist so programmiert, dass sie anläuft, um dann bei einer bestimmten Zahlenkombination stehen zu bleiben. Dem Zahlencode fürs Schließfach.

Ich wiederhole mich ungern: Hör auf rumzuhampeln.

So, mal schau'n. Ich schließe den ersten Stromkreis. Voilà. Ah, der Zug fährt an. Verlässt den Bad Münstereifeler Bahnhof. Aber die Uhr rührt sich nicht. Na, egal. Sie hat Zeiger, kann also nicht die richtige sein. Ich betätige also den nächsten Schalter. Ah, die Bahnhofsuhr in Münstereifel beginnt zu ticken. 10 Uhr. Schon komisch. Da behaupten die Kenner der Szene immer, für Münstereifel sei es mittlerweile fünf nach zwölf. Haha. Sieh an, die Digitaluhr am Gebäude der Volksbank hat sich auch in Gang gesetzt. Wechselt ruhig von Zeitanzeige zu Temperaturanzeige und wieder zurück. Hm.

Der Zug hat Iversheim hinter sich gelassen und hält nun in Arloff. Jetzt geht es weiter Richtung Kreuzweingarten und Stotzheim. Ich hätte ja vermutet, die Anzeige der Volksbank würde die gewünschte Nummer liefern. Hätte gepasst. Bank und Schließfach, meine ich.

He, es langt. Du wirst mir doch den großen Moment nicht mit deinen Mätzchen verderben wollen. So, das war's jetzt für dich. Ich kippe dich mit dem Stuhl auf den Rücken.

Wo war ich stehen geblieben? Ah, ja. Unser Zug hat den Bahnhof Euskirchen erreicht. Reisende nach Köln und Trier haben Anschluss auf den Gleisen 2 und 1, Reisende nach Bonn können zur Weiterfahrt im Zug sitzen bleiben. Praktisch, he, he. Die Uhren im Bahnhof Euskirchen stehen noch.

Das kannst du aus deiner jetzigen Perspektive nicht mehr sehen. Selbst schuld.

Wie bringen wir denn jetzt diese Uhren in Gang? Mal sehen, was passiert, wenn ich diesen Schalter betätige. Ah, so ist brav.«

Die Uhren auf den Gleisen 1 bis 5 setzten sich in Gang. Als sie auf 10.29 Uhr sprangen, setzten sich auf den Gleisen 1, 2 und 3 die Züge nach Trier, Köln und Bonn in Bewegung.

Auch die Uhr am Bahnhofsgebäude hatte zu laufen begonnen. Nicht nur die gelben Zahlen, sondern auch die Geschwindigkeit, mit der sie durchliefen, irritierten ihn. Sie wollten einfach nicht stehen bleiben. Vielleicht hätte er eine Chance gehabt, wenn er die Verzweiflung in den Augen der Gefesselten erkannt hätte, ehe er die einzelnen Stromkreise schloss und die Höllenmaschine in Betrieb setzte. Als er begriff, was die Frau während ihrer Ehe mit dem Sprengmeister gelernt hatte, raste die Digitalanzeige von 0004 auf 0003, 0002. Seine Lippen formten stumm das Wort »Scheiße«.

Ungelöst

oder:

Fünf Frauen, ein Hund und ein allwissender Erzähler

von ANKE LAUFER

Corinna Grimm wird zweimal getötet und viermal begraben werden. Die Sache wird folgendermaßen vor sich gehen:

Beim ersten Mal wird Ernst Breithaupt (47) aus Schalkenmehren am 14. Februar 2010 beim Umschichten des Komposthaufens auf dem idyllisch gelegenen Friedhof am Vulkansee Weinfelder Maar, auch Totenmaar genannt, auf eine stark verweste Frauenleiche stoßen. Zwei Tage später wird Gertrud Grimm (35) ihre Schwester Corinna zweifelsfrei anhand ihres blauen Mantels identifizieren, obwohl sie diesen noch nie und ihre Schwester seit Jahren nicht gesehen hat.

Zu diesem Zeitpunkt wähnt Gertrud ihre Schwester in Wahrheit im fernen Martinique, wohin sie vor Jahren mit Pierre Lagrange, einem Bademeister aus Montpellier, durchgebrannt ist. Gertrud ahnt nichts davon, dass Corinna nach schneller Heirat mit dem niemals eingelösten Versprechen auf Palmen und Sandstrand sitzen gelassen wurde und in Frankfurt auf die Wiederkehr des Bademeisters wartet, erst geduldig, dann verzweifelt und letztendlich vergebens. Corinna nennt niemals ihren Mädchennamen und hat keine feste Adresse, und so weiß niemand, wie schwer sie die Einsamkeit erträgt, dass sie jeden Halt verloren hat, immer neue Männerbekanntschaften auf Parkbänken und in Suppenküchen schließt und dabei Pierre aus Montpellier dennoch nicht vergessen kann.

Gertrud wird die Tote aus dem Kompost zu ihrer Schwester machen und in einem Sperrholzsarg begraben lassen, weil sie sich sicher ist, dass ihr die Schwester, vermeintlich braungebrannt und glücklich im fernen Badeparadies, das Elternhaus niemals gönnen würde, das sie 2009 nach dem tödlichen Autounfall ihrer Eltern bezogen hat. Das Verhältnis der Schwestern ist schon seit Kindertagen zerrüttet, als sich Gertrud einen Spaß daraus machte, der verwöhnten kleinen Schwester jedes neue Spielzeug mit einem Hammer aus dem Werkzeugkasten des Vaters zu zerschlagen.

Doch im Oktober 2010 wird Corinna sich sagen, dass es Zeit sei für eine Heimkehr und eine Versöhnung mit der älteren Schwester. Sie wird sich per Anhalter auf den Weg machen. Der letzte Autofahrer wird die Abfahrt Manderscheid nehmen und sie in Pantenburg absetzen, von wo aus sie sich zu Fuß auf den Weg machen wird. Am 9. Oktober 2010, an einem kalten, frühen Herbstmorgen, wird sie also stadteinwärts Richtung Daun unterwegs sein, sie wird langsam gehen und ab und zu einen Schluck aus ihrem Flachmann nehmen. An diesem Morgen wird keiner sie zu Gesicht bekommen außer einem Bauern, der mit seiner Erntemaschine unterwegs ist. Corinnas Hund, eine kleine Promenadenmischung, die auf den Namen Poldi hört, wird vorauslaufen und hin und wieder stehen bleiben, um das Bein zu heben oder im Böschungsgestrüpp zu schnüffeln.

Jolanta Hurm (51) wird zur selben Zeit in ihrem silbergrauen Opel Corsa auf derselben Straße stadtauswärts unterwegs sein, um ihre kranke Mutter in Gillenfeld zu versorgen. Durch das offene Fenster ihres Wagens wird die kalte

Herbstluft hereinschießen und nach der von den Pflugmaschinen aufgerissenen Erde duften. Jolanta hat erst nach der Trennung von ihrem Mann den Führerschein gemacht. Sie bremst herunter, als an diesem Morgen eine große Erntemaschine die Luft zwischen beiden Fahrzeugen zu einer schmalen Schicht zusammenpresst. Danach wird sie befreit auf das Gaspedal treten und einen Moment lang den Blick über die abgeernteten Felder schweifen lassen. Dabei wird sie darüber nachdenken, ob sie der Nachbarin zum Dank für die gelegentliche Versorgung der Mutter einen Kuchen backen oder sie ganz einfach bezahlen sollte, doch sie kommt zu keinem Entschluss. Seitdem sie ihr Mann verlassen hat, gerät sie bei jeder anstehenden Entscheidung in ein Gewirr von Argumenten und Gegenargumenten, die in ihrem Kopf endlos hin- und herfliegen.

Etwa drei Sekunden später werden Jolanta und Corinna aufeinandertreffen. Es wird einen Schlag geben, für Corinna wird es sofort dunkel, während Jolanta um ein Haar die Kontrolle über ihren Wagen verliert.

In diesem Augenblick wird Corinna Lagrange, geborene Grimm, zum zweiten Mal sterben.

Jolanta, voll ungeahnter Entschlusskraft, wird es in der folgenden Nacht gelingen, die Leiche Corinnas, verschnürt und beschwert mit zwei Säcken Zementputz, die ihr Exmann im halbfertigen Anbau des gemeinsamen Einfamilienhauses zurückgelassen hat, im Totenmaar zu versenken. Dies ist Corinnas drittes Begräbnis. Es wird keine Zeugen geben. Dank eines handelsüblichen Polsterreinigers wird es Jolanta zudem gelingen, die Blutflecken auf dem Rücksitz ihres Wagens beinahe vollständig zu entfernen.

Poldi wird auf der Suche nach Frauchen und etwas Fressbarem ein paar Tage herumirren und schließlich im Tierheim von Mayen abgegeben werden. Er wird kurz darauf den aus Katzwinkel stammenden und seit ein paar Wochen in der Tierpflege ehrenamtlich beschäftigten Magnus Hitzbrink (26) so heftig in die Hand beißen, dass dieser ihm noch am selben Tag eine Portion Rattengift unter das Futter mischt. Hitzbrink hat eine Abneigung gegen Hunde.

Corinnas Schwester Gertrud wird sich am 11. Oktober 2010 eine neue Einbauküche ins Elternhaus liefern lassen.

Fast zwei Jahre später, am 23. September 2012, wird Helene Diesvogel (48) aus Pützborn bei einem Nachmittagsspaziergang am Totenmaar die angespülten Teile eines menschlichen Skeletts im Uferschlamm entdecken und die Polizei rufen. Wieder zu Hause, wird Helene eine Beruhigungstablette nehmen und telefonieren, um alle Termine mit ihren Klavierschülern abzusagen. Dann wird sie sich an ihren Schreibtisch setzen und auf das Bild ihrer vor drei Jahren verschwundenen Tochter Vanessa starren. Sie wird sich ganz sicher sein, dass sie an diesem Morgen ihre Tochter gefunden hat und nur noch auf den bestätigenden Anruf der Polizei warten.

Am nächsten Morgen, dem 24. September 2012, wird der Tierpfleger Magnus Hitzbrink aus der Tür des Tierheims in Mayen treten, einen Augenblick lang stehen bleiben und sich die Stelle an seiner Hand reiben, in die sich Poldi seinerzeit verbissen hatte. Die Stelle wird Hitzbrink auch in Zukunft dauerhaft schmerzen, besonders bei Wetterumschwung.

Hitzbrink will sich auf dem Weg zum Bahnhof am Kiosk eine Zeitung kaufen. Er wird die Schlagzeile sofort bemerken, dem Drang jedoch widerstehen, die Zeitung aus der Halterung zu reißen. Der Kioskbesitzer wird die Münzen entgegennehmen und Magnus Hitzbrink wird sich zwingen, zunächst die Sportseiten aufzuschlagen. Erst dann wird er, äußerlich ruhig, zurückblättern und feststellen, dass man die Leiche am Ufer des Totenmaars gefunden hat. Sein Herzschlag wird sich beruhigen, denn dort hat er keines seiner Opfer gelassen. Hitzbrink hat eine Abneigung gegen Wasser.

Bisher ist nur sein erstes Opfer entdeckt worden. Magnus Hitzbrink wird flüchtig an die kleine Blondine mit dem Namen Vanessa denken und sich sagen, dass der Komposthaufen ein törichter Anfängerfehler war, wie er ihm niemals wieder unterlaufen wird.

Die Polizei wird Helene Diesvogel mitteilen, dass es sich bei der von ihr gefundenen Toten nicht um ihre Tochter handelt. DNA-Tests werden ins Leere verlaufen. Corinna wird als ungelöster Fall ein viertes, ein papiernes Begräbnis in den Polizeiakten erhalten. Und so wird Helene Diesvogel nie erfahren, dass sie durch Zufall jene Frau gefunden hat, in deren Grab auf dem Friedhof von Daun seit zweieinhalb Jahren ihre Tochter Vanessa liegt.

Gertrud Grimm wird im Frühsommer 2015 bei der Kirschernte im Garten ihres Elternhauses von der Leiter fallen und sich den Hals brechen.

Holz vor der Hütte

von Stephan Everling

»Das Schwein, der Sauhund, diese miese Ratte …« Während Tobias Wennerscheid seine Liste der dem Tierreich entlehnten Schimpfwörter abarbeitete, stapfte er fassungslos durch den Wald. Es war unglaublich! War den Leuten denn nichts mehr heilig? Sechs seiner schönsten Bäume hatte man ihm einfach geklaut! Bäume! Riesige, dreißig Meter hohe Buchen!

Wenn dies zum ersten Mal passiert wäre, dann hätte Tobias Wennerscheid geschimpft, geflucht und eine willkommene Ausrede gehabt, den Ärger am Abend mit ein paar Extra-Schnäpschen herunterzuspülen. Vor allem aber hätte er sich gefragt, wer in Dreiteufelsnamen sechs riesige Bäume einfach verschwinden ließ. Es handelte sich ja nun wirklich nicht um Geranien, sondern tatsächlich um riesige, gerade, reich belaubte, wunderschöne … er durfte gar nicht dran denken, dann würde ihm schon wieder anders!

Doch so drehte er sich um, blickte in das gottvergessene Tal und brüllte in die Richtung, in der er den Übeltäter wusste: »Hermann-Josef Menges, du gewissenloser Schuft, das wirst du büßen!«

Hier, zwischen den fast schluchtartig abfallenden Berghängen, hallte es recht zufriedenstellend. Der Regen hatte den Boden weichgemacht und hing immer noch in großen Tropfen an den Ästen der Bäume, die von Zeit zu Zeit größere Schwaden unter sich fallen ließen. Sanft kroch ein Nebel zwischen den Stämmen hoch; man hätte auch wirklich nicht mehr gewusst, wo die ganze Feuchtigkeit hin sollte, die seit

Wochen die Eifel mit einem Regenschauer nach dem anderen überzog. Wennerscheid hatte keinen Blick für diesen Tanz der Nebelelfen um ihn herum, in ihm machte sich das schmerzende Gefühl des Ausgenutzten, des Betrogenen und Bestohlenen breit. Er wusste ja genau, wer es gewesen war, aber wie üblich konnte er nichts machen. Wie immer hatte sich niemand in dieses gottverlassene Seitental der Rureifel verirrt, als Hermann-Josef Menges mit dem riesigen Harvester, den er sich immer mietete, hier gewesen war, die Bäume gefällt und dann direkt auf einen Sattelschlepper geladen hatte. Und wenn doch, dann hätte keiner genau gewusst, wo jetzt welche Parzelle endet oder anfängt oder wem überhaupt gehört, das wussten sie ja oft auch selber nicht!

Aber Wennerscheid wusste es genau. Und er wusste ganz sicher, dass Menges es wusste, der hatte nämlich hier gar keinen Wald! Aber ständig trieb er sich in diesem Tal herum, das hatten schon einige beobachtet, und dann fehlte wieder der ein oder der andere Baum, einfach so, und an diesen Tagen saß er abends immer so besonders zufrieden in der Gaststätte, mit einem Lächeln, das so hinterlistig in den Augenwinkeln saß, dass der Menges kaum noch blinzeln konnte.

Wahrscheinlich wussten es auch alle anderen, die machten ja gerne so Anspielungen wie: »Ich würde den Hermann-Josef ja nicht ständig bei mir im Wald rumlaufen lassen«, oder: »Guck dem doch mal in die Taschen, wenn der bei dir im Tal war.«

Doch niemand sonst hatte das Problem, immer nur er, Tobias Wennerscheid. Doch ihm war klar, warum die Fehde zwischen den benachbarten Höfen bestand, denn sein Vater hatte damals dem Großvater vom Menges ein Stück Land verkauft, auf dem der Boden sauer war, und dann waren die Kühe krank geworden, vielleicht war es auch umgekehrt gewesen, irgendwie so, genau wusste er es jetzt doch nicht, aber irgendwann war da mal was gewesen. Oder die Großmutter von dem hatte mal was mit dem Bruder von dem Urgroßvater, irgendwas war doch immer los, weshalb man sich dann über die Straße anbrüllte. Schon als Kinder hatten sie sich gehasst, und der Menges hatte oft die Hucke vollgekriegt, wenn er dem Wennerscheid mal wieder auf die Nerven ging.

Und jetzt das! Da war wohl mal wieder eine Abreibung fällig. Aber eine öffentliche! So ging das doch nicht weiter! Er war ja bald in der ganzen Gegend die Lachnummer, er hörte sie schon lästern: »Dem Wennerscheid haben sie schon wieder sechs Bäume geklaut! Sechs Stück! Hoffentlich klaut dem keiner die Unterhose, das würde der gar nicht merken!« Er atmete tief durch und kletterte auf seinen Traktor. Nachdenklich drückte er auf die Zündung und ließ den starken Motor einmal röhren. Dann legte er entschlossen die erste Fahrstufe ein und fuhr los.

Sein Gemüt tuckerte im gleichen aufgeregten Brüllen wie der Diesel seines Schleppers, als er mit durchgetretenem Gaspedal die Einfahrt von Menges' Hof nahm. Er bremste vor dem großen, sorgfältig gepflegten Wohnhaus, stellte den Motor ab und sprang aus dem Führerhaus. Stille umfing ihn. Er sah sich um. Nichts deutete in irgendeiner Weise darauf hin, dass hier etwas mit Holz stattgefunden hatte. Vor dem Stall hing eine tote Hirschkuh, die offensichtlich auf das Ausweiden wartete. Ein Traktor stand wie zufällig geparkt neben den Kreiselmähern, die in Kürze für den ersten Grasschnitt gebraucht wurden. Doch Holz? Gut, dass Wennerscheid wusste, wie sehr die unschuldige Szenerie täuschte.

Er kannte sich aus. Mit schweren Tritten ging er um das Haus herum, wo er Menges auch tatsächlich fand – bei seinem heimlichen Hobby. Kaum einer wusste es, nur Wennerscheid; früher einmal, da hatte der Menges sich einmal verplappert, obwohl es eigentlich komplett unübersehbar war. Hermann-Josef Menges mochte es, nein, er liebte es, Holz zu stapeln. Überall auf seinem Land zogen sich schon die Stapel die Hügel hinauf und hinunter, quer dazwischen und schräg entlang, ordentlich aufgestapelte Scheite, vorne und hinten gesichert, damit nichts herunterrutschte und von einer Breite, dass man eine Kuh drin hätte versenken können, wenn das irgendeinen Sinn gehabt hätte.

Doch Menges stapelte weiter. Holte sich einen Stamm aus dem nahen Forst, zerteilte ihn, spaltete und sägte und hackte und widmete sich ihm mit der Akribie eines Mikrochirurgen, nur mit etwas rustikalerem Werkzeug. Und dann fing er einen neuen Stapel an, ordnete, sortierte, richtete aus und ruckelte, um dann am Ende sein Werk mit einer Plane vor den Unbilden der Witterung zu schützen. Die Nachbarn fanden es schon manchmal etwas merkwürdig, wie viel Holz der Menges so als Vorrat bunkerte, vor allem, wo er doch eigentlich mit Öl heizte, aber mehr als ein paar neckende Worte fielen nie, schließlich war Menges nicht nur einer der Reichsten hier in der Gegend, mit denen man es sich nicht ohne Not verscherzte, sondern ein wirklich beliebter Zeitgenosse, der als fröhlich und zugänglich bekannt war. Ab und zu, wenn er jemanden sehr mochte, gab er auch den ein oder anderen Raummeter weiter, doch bei Licht besehen bastelte er sich seinen ganz persönlichen Freizeitpark mit Labyrinth und kleinen Laubengängen aus gestapeltem Brennholz.

Auch jetzt stapelte er. Natürlich keine Buche, so doof war Menges nicht, Wennerscheid hätte nie angenommen, dass er ihn quasi auf frischer Tat mit der noch frischen Buchenleiche erwischen würde, nein, er hatte eine Fichte in ordentlich gesägten, kaminbreiten Abschnitten vor sich, von denen er mit der Axt einzelne Scheite abschlug. Er sah nur kurz hoch. Sonderlich erstaunt schien er nicht über Wennerscheids Besuch.

»Was willst du?«, fragte er und trennte weiter Stück für Stück von der Baumscheibe. Neben dem bulligen Wennerscheid sah er aus wie ein Hänfling, auch wenn er diesen Eindruck mit übergroßen, karierten Hemden zu kaschieren versuchte.

»Du hast mir meine Bäume geklaut!«

»Du spinnst ja!« Hack, hack, hack. »Ich hab' selber genug Bäume, dein Kraut brauch ich nicht!« Hack, hack, hack. Die Axt blinkte in der grellen Mittagssonne. Ihr Schliff war perfekt, das konnte man sehen. Sie fuhr durch das Holz, als wäre es gar nicht da, ein Genuss, den auszukosten Wennerscheid aber keine Muße hatte.

»Ich bin das jetzt leid! Ich weiß nicht, wie oft du mir schon Bäume aus dem Wald geklaut hast! Aber das war zu viel! Sechs Stück! Du bist ja wohl wahnsinnig geworden!«

Hermann-Josef Menges stützte die Axt auf den Boden und sah Wennerscheid an. »Wie kommst du denn da drauf, dass ich das war?«

»Wer sonst außer dir sollte es tun? Du bist der Einzige, der kaltschnäuzig genug dafür ist!«

Menges sah ihn ruhig an. »Du kannst mir gar nichts. Deine blöden Bäume interessieren mich nicht. Geh doch und zeig mich an!«

Wennerscheid nickte langsam. »Genau das werde ich jetzt tun, pass mal auf!« Er sah ihn bedeutsam an. Ihre Augen trafen sich und hielten sich fest. Menges hob die Axt, verharrte einen Moment, immer noch mit dem Blick in Wennerscheids Gesicht und begann dann wieder sein monotones Werk. Hack, hack, hack.

Es war nicht ganz einfach gewesen, den Ortspolizisten von einer Tatortbegehung zu überzeugen. Den Diebstahl von sechs Bäumen fand er schon interessant, ja, aber dass Menges der Täter gewesen sein sollte …

»Du und der Hermann-Josef «, hatte er gesagt, »ihr kennt euch doch seit eurer Kindheit! Meinst du ehrlich, der geht bei dir in den Wald und haut die Bäume ab?«

»Ja«, hatte Wennerscheid geantwortet.

»Ich kenn den doch auch, das ist doch Quatsch, wie soll der das denn machen?«

»Baum ab, Laub ab, auf 'n Sattelschlepper, und ab das Ding! Da sind doch überall die Spuren vom Menges sein Harvester!«

»Hast du denn sonst einen Beweis?«

»Nee, aber meine Bäume sin' wech!«

Und Martin Hooven, der Polizist, hatte nur traurig auf die Tischplatte gesehen.

Doch jetzt standen sie im Wald, und Hooven betrachtete die Reifenspuren, während Tobias Wennerscheid mit Tränen in den Augen die abgesägten Äste anhob.

»Mensch, das kann doch jeder gewesen sein! Und weißt du, wie viele Harvester es hier in der Gegend gibt? Das ist für die Leute doch hier wie für andere ein Hochdruckreiniger!«

Wennerscheid antwortete nicht. Er war gewohnt, dass man ihm nicht glaubte, trotzdem wusste er, was er wusste. Er schob traurig einen Ast beiseite. Das Gestrüpp musste er jetzt auch noch beseitigen, bevor der Borkenkäfer reinging. Auf einmal stutzte er. Er bückte sich und hob etwas hoch.

»Und was ist das? Das erkenne ich unter tausend Brieftaschen, das ist das Portemonnaie vom Menges, das hat er hier verloren, als er mir die Bäume geklaut hat, das ist der Beweis!«

Hooven stolperte vorsichtig über die kreuz und quer liegenden Zweige zu ihm hin und nahm das Fundstück.

»Das beweist gar nichts! Er kann hier gewesen sein, um einfach spazieren zu gehen. Du sagst doch selber, dass der hier dauernd im Wald ist! Oder er wollte sich den Schaden einmal ansehen. Oder …«, er blickte Tobias Wennerscheid ins Gesicht, »du hast sie ihm geklaut und hierher gelegt!«

Wennerscheid schnaufte empört. »Du hast sie ja wohl nicht mehr alle! Das habe ich überhaupt nicht nötig! Ich betrüge hier keinen, das wissen hier alle! Und du steckst wahrscheinlich mit ihm unter einer Decke!«

»Vorsicht! Pass auf, was du sagst, es kann sein, dass du dir richtigen Ärger einhandelst! Nicht nur, dass du hier rumrennst und wilde Anschuldigungen ausstößt, es ist ziemlich ernst, wenn man einen Polizisten angeht!«

Tobias Wennerscheid schwieg und sah in die Ferne. Aus dem Westen sah man wieder eine neue Regenfront heranziehen. In ihm arbeitete es. Alle waren gegen ihn. Und er hatte so langsam die Schnauze voll. Der Hof warf kaum noch etwas ab, die Frau hatte ihn im letzten Jahr verlassen, und wenn er in die Gaststätte kam, dann würdigte man ihn kaum noch eines Blickes. Und das hier war noch die Krönung! Er begann, langsam und schwer, zu nicken.

»Okay«, sagte er und nickte weiter, »wenn ihr das so haben wollt, dann werdet ihr sehen, was ihr davon habt!« Er nickte noch ein-, zweimal, einfach, weil er sich in dieser nickenden Pose mit den geheimnisvollen Drohungen recht wohlfühlte, dann drehte er sich um und stapfte zu seinem Schlepper.

»Tobias«, rief Martin Hooven hinter ihm her, »jetzt sei doch vernünftig! Es gibt doch für alles eine Lösung!«

Doch Wennerscheid knallte die Tür zum Fahrerhaus hinter sich zu, startete den mächtigen Motor und verschwand mit durchdrehenden Reifen.

Hooven sah ihm kopfschüttelnd hinterher. »Der Spinner!« sagte er zu sich selber und sah noch einmal auf die Brieftasche. Vielleicht hatte er ja recht, komisch war es ja schon, aber als einziger Beweis war das einfach zu dünn, warum wollte Tobias das nicht kapieren? Vorsichtig, um sich nicht doch noch die Uniform schmutzig zu machen, ging er zum Streifenwagen zurück.

»Und er war es doch!«

Wennerscheid haute auf den Tisch. Die Kaffeekanne antwortete nicht. Der Kaffee in ihr war ohnehin kalt, und was hätte sie auch sagen sollen, denn der wütende Bauer hätte eh nicht zugehört. Also schwieg sie weiter.

Tobias Wennerscheid stand auf und sah aus seinem Küchenfenster auf den Hof von Menges, der schräg über der Straße lag. Ja, dem ging es gut. Und hier? Ständig die Anrufe von der Bank, die Unsicherheit, die Angst vor der Zukunft, vor der Post. Irgendwann hatte seine Frau es nicht mehr ausgehalten, dabei hatte sie ihm eigentlich immer Mut gemacht. Die Kühe hatte er schon vor Jahren aufgegeben, und mit dem bisschen Kälbermast war auch nicht viel zu verdienen. In Schweinen hätte er gerne gemacht, doch dafür hätte er investieren müssen, und das Geld hatte er gar nicht. Die Bäume, die hätte er gut verkaufen können, davon hätte er wieder ein paar Rechnungen bezahlen können, aber die waren ja jetzt weg. Wenn er nur ein paar Tage eher gekommen wäre, vielleicht hätte er dann die Sägen gehört und die Diebe auf frischer Tat ertappt!

Er drehte sich um und starrte in die kalte Küche. Wozu das alles? Er hatte einfach keine Lust mehr. Niemand interessierte sich dafür, was aus ihm wurde, und er selbst eigentlich auch nicht.

Doch Hermann-Josef Menges, der war obenauf. Der stapelte fröhlich vor sich hin, wenn er nicht auf seinem Traktor unterwegs war und seine Felder bestellte oder erntete oder was auch immer. Der hatte es gut! Die Familie war in Ordnung, die lachten und waren immer gut drauf!

Tobias Wennerscheid hasste sie. Alle. Er wollte sie leiden sehen. Und sein Elend sollte beendet werden. Vielleicht gäbe es ja einen Weg, diese beiden Vorhaben gleichzeitig zu verwirklichen. Ein Gedanke wuchs in seinem Kopf, wurde stärker, nahm Gestalt an und begann, ihn mit einer unbändigen Vorfreude zu erfüllen.

Er gab sich einen Ruck und ging in die Scheune. Hier lagen seine Werkzeuge, die Maschinen, die er an seinen Schlepper anbauen konnte. Und seine Motorsäge. Er hatte sie sehr lieb, diese Säge, sie hatte ihm seit Jahren treue Dienste geleistet. Der rotlackierte Metallkorpus hatte zwar in den vielen Einsätzen die eine und die andere Beule davongetragen, aber das verlieh ihr nur Charakter und machte sie unter den vielen Motorsägen, die man in der Eifel finden konnte, unverwechselbar.

Er fuhr mit dem Finger über die Sägekette. Fantastisch gepflegt, immer gut geölt, und erst neulich hatte er sie wieder geschärft, die Feile über die Zähne gleiten lassen, bis die Kette wie ein hungriger Piranha in das frische, klebrige Holz beißen würde. Oder in etwas, in dem man immer schon eine Motorsäge hatte sehen wollen. So eine Kettensäge konnte man ja für vieles verwenden.

Für alles.

Für beinahe alles.

Als Tobias Wennerscheid die Tür zu der Polizeiwache aufdrückte, stand Hooven gerade am Tresen und sah ihn interessiert an. Wennerscheid wuchtete die Motorsäge auf die Platte und streichelte sie zärtlich.

»Ich wollte dir nur sagen«, begann er freundlich zu sprechen, »dass ich jetzt zu Menges fahre und ihn noch einmal freundlich darauf hinweise werden, dass man anderer Leute Bäume in Ruhe zu lassen hat. Von euch bekomme ich ja keine Hilfe!«

Hooven nickte. »Das kannst du ruhig machen, aber die Säge lässt du bitte hier!«

Wennerscheid sah erstaunt aus. »Nein, gar nicht, die Säge nehme ich mit, das wollte ich schon!«

»Tobias, mach jetzt kein' Scheiß und gib mir die Säge!«

»Geb' ich dir nicht!«

»Gibst du mir wohl!«

Mit einer schnellen Bewegung nahm Wennerscheid die Säge an sich, bevor Hooven danach greifen konnte. »Das ist meine Säge, und da geht keiner ran! Nur über meine Leiche!« Er drehte sich um und rannte aus der Polizeiwache. Ehe Hooven durch die Sperre war, hatte er schon seinen Traktor angelassen und raste, so schnell ihn die riesigen Grünlandreifen trugen, über die Bundesstraße davon.

»Ach du heiliger Strohsack«, rief Hooven dem röhrenden Diesel hinterher, »jetzt dreht der völlig durch! Ich werde mal lieber einen Wagen hochschicken, bevor die beiden jetzt richtig aneinandergeraten!«

Er ging an das Funkgerät, um einen der Streifenwagen zum Hof von Menges zu schicken, doch er merkte schnell, dass das wohl nicht so funktionieren würde, wie er das gedacht hatte. Alle Einsatzfahrzeuge hielten sich am komplett anderen Ende der Kreisgebiets auf: Großer Unfall mit Mähdrescher, Verletzten, Umleitung, Chaos, und jetzt auch noch das! Er konnte nur hoffen, dass Tobias keinen Mist baute. Nur zu gerne würde er alleine hochfahren und nach dem Rechten sehen, aber im Augenblick war keiner da, der die Wache besetzen konnte. Er musste wohl oder übel warten, bis ein Kollege eintraf.

Als Martin Hooven zwei Stunden später auf dem Hof von Hermann-Josef Menges ankam, schien alles ruhig. Sogar die Sonne hatte sich durch die düsteren Wolken hindurchgearbeitet, die seit Wochen vom Atlantik her über das Land wogten und allen auf die Stimmung drückten. Er sah sich um. Keine Spur von Wennerscheid. Aber auch keine von Menges. Er ging zum Wohnhaus und klingelte. Nichts. Er klingelte noch einmal.

Menges öffnete die Tür. »Ach, du bist das! Na, das ist aber eine Überraschung! 'tschuldigung, dass ich nicht gleich da war, aber ich war in der Waschküche. Was machst du denn hier?«

»Ach, ich wollte einfach mal gucken, ob hier oben alles in Ordnung ist. Sag, hast du den Tobias Wennerscheid gesehen?« Unauffällig sah er in alle Ecken.

»Wennerscheid? Ja, der war heute morgen hier! Hat irgendwas davon gefaselt, dass ihm einer Bäume geklaut hat, und derjenige soll ich gewesen sein, stell dir mal vor! Trinkste 'n Schnäpschen?«

»Nee, lass mal. Aber guck mal, ich hab hier deine Brieftasche, die ist gefunden worden!«

»Oh, prima, die suche ich ja wie verrückt, die muss mir aus der Tasche gefallen sein! Wo war die denn?«

»Unten im Wald vom Wennerscheid.«

»Oh!« Seine gute Laune verflog. »Na, dann muss mir die wohl doch jemand weggenommen haben. Fehlt denn was?«

»Guck nach, das weißt du besser als ich.«

Menges begann die Fächer zu durchsuchen.

»Während du das machst, darf ich da mal in deine Scheune gucken?« Martin Hooven hatte immer noch ein ganz blödes Gefühl im Magen.

»Na klar, was brauchst du denn?«

»Nichts Bestimmtes, ich will einfach nur mal so gucken.«

»Klar, du weißt ja, wo es langgeht. Aber dann trinken wir ein Schnäpschen. Und ich glaube, es ist noch alles in der Brieftasche.«

Hooven blickte in die Scheune. Er kannte ihre Ecken und Winkel recht gut, denn hier hatten sie oft gefeiert, wenn es geregnet hatte und man nicht auf dem Hof sitzen konnte. Er sah sich unschlüssig um. Wenn Wennerscheid sich hier versteckt hielt, wo wäre der beste Platz?

Er ging zwischen den Maschinen umher und blickte an die Wand. Spaten, Sensen, Sicheln, was man so braucht in der Landwirtschaft, dort die Axt. Die Werkbank aufgeräumt wie immer, nur ein paar Sachen, die wohl gerade repariert wurden, eine Seilwinde, eine Kettensäge …

STOP!

Die Kettensäge kam Hooven unangenehm bekannt vor. Vor nicht allzu langer Zeit hatte sie auf seinem Tresen gelegen. Doch an ihrem Griff hatte Wennerscheid gehangen, und wo war der jetzt? Ein beklemmendes Gefühl breitete sich in seinem Magen aus. Schnell ging er zur Axt. Er kannte Menges und seine Axt, immer fleckenlos und gut geschliffen.

Nur nicht heute. Da waren Flecken, die den silbernen Glanz störten, für die Menges Axt so berühmt war.

Braune Flecken.

Auf der Klinge, am Stiel …

Er richtete sich auf. Oh verdammt, damit hatte er nicht gerechnet. Er hatte höchstens erwartet, dass Wennerscheid hier irgendwo in der Ecke hockte – aber Blut? Gedankenverloren sah er zum Wohnhaus. Was hatte Hermann-Josef Menges gesagt, als er die Tür geöffnet hatte? Er war in der Waschküche gewesen? Und um die Axt zu reinigen hatte wohl die Zeit gefehlt? Hermann-Josef Menges müsste ihm vielleicht doch ein paar Fragen beantworten. Schade, das mit dem Schnäpschen musste jetzt leider ausfallen.

Das Besprechungszimmer des Untersuchungsgefängnisses in Aachen ließ alles vermissen, was man mit Besprechungszimmern in Untersuchungsgefängnissen im Allgemeinen in Verbindung brachte. Weder gab es Gitter zwischen dem Gefangenen und seinem Anwalt, noch Polizeibeamte, die argusäugig darüber wachten, dass den Gefangenen keine Feilen oder Handys untergeschoben wurden. Es war wirklich nur ein Zimmer, in dem ein nackter Tisch und zwei ebenso schmucklose Stühle standen. Hoch oben in der seit Jahren nicht mehr neu gestrichenen Wand schwebte ein Fenster, dessen Gitter deprimierende Schatten warfen.

»Vielleicht wären Sie wirklich mit einem Geständnis besser bedient«, sagte der Anwalt und blickte sorgenvoll.

»Was soll ich denn gestehen, um Himmels willen, wie oft soll ich es denn sagen, ich habe dem Wennerscheid nichts getan, ich habe den gar nicht gesehen!« Menges stützte den Kopf in die Hände und kämpfte mit den Tränen. Was passierte hier nur?

»Herr Menges, ich sehe ja ein, dass das alles nicht so einfach für Sie ist, aber Sie müssen auch den Tatsachen ins Auge sehen. Das Blut an der Axt ist definitiv von Tobias Wennerscheid, das hat die DNA-Analyse ergeben. Die Säge trägt seine Fingerabdrücke, und darüber sind auch Ihre.«

»Ja klar, ich hab' das blöde Ding bei mir auf dem Hof stehen sehen und dann weggestellt, damit nichts drankommt! Ich weiß doch, wie der Wennerscheid ist, wenn was an seine Säge kommt!«

»Was sich auch niemand erklären kann, ist, warum der Trecker von Wennerscheid auf einem Parkplatz im Wald gefunden wurde. Und da drin sind auch Blutspuren nachgewiesen worden. Außerdem ...«, er machte eine Kunstpause, die Perry Mason nicht besser gelungen wäre, hier jedoch jegliche Wirkung vermissen ließ, »konnte man Ihnen tatsächlich den Holzdiebstahl zuordnen. Man hat den Besitzer des Harvesters gefunden, den Sie gemietet haben, und wenn ich das gerade richtig verstanden habe, was der ermittelnde Kommissar mir im Vorübergehen gesagt hat, konnte man sogar den Spediteur ermitteln, der für Sie das Holz aus dem Wald von Tobias Wennerscheid abgefahren hat.«

»Ja, na und? Ich habe ihm halt ein paar Bäume geklaut, das ist doch nicht schlimm! Das wäre doch ein Motiv, wenn er mich ermordet hätte – aber doch nicht ich ihn!«

»Ja, sehen Sie, genau das meine ich!« Er schlug bestätigend auf den Tisch. »Das ist es doch: Notwehr! Ganz einfach! Sie kommen sogar mit einer Bewährungsstrafe davon, wenn wir es nur geschickt anstellen. Tobias Wennerscheid kommt auf Ihren Hof und greift Sie mit der Kettensäge an, und Sie haben gerade die Axt zur Hand und schwupp!«

»Schwupp?!« Menges war entsetzt.

»Ja, oder was das halt für ein Geräusch macht, weiß ich doch nicht! Na, Herr Menges, wie wäre das denn?«

Menges dachte nach. »Und dann gibt es eine Bewährungsstrafe?«

»Wenn wir Glück haben.«

Menges seufzte. »Na gut, ist vielleicht das Einfachste. Also, der Wennerscheid kam mit der Kettensäge auf den Hof, und ich habe ihm mit der Axt den Schädel gespalten. Schwupp.«

»Na prima, es geht doch.« Der Anwalt stand zufrieden auf und griff nach seiner Aktentasche. »Ich werde nachher meine Sekretärin vorbeischicken, die wird das Geständnis aufnehmen. Jetzt müssen Sie nur noch verraten, wo Sie die Leiche versteckt haben.«

Menges stutzte. »Was denn für eine Leiche?«

»Na, die von Wennerscheid natürlich!«

»Aber ich habe keine Leiche!« Jetzt war Menges wirklich kurz davor zu weinen.

Der Anwalt setzte sich wieder. »Herr Menges, Sie machen es mir aber wirklich nicht leicht. Sie brauchen schon die Leiche für ein Geständnis, sonst zählt das nicht. Aber die Polizei findet die sowieso. Nachdem man das blutverschmierte Hemd in Ihrem Garten gefunden hat, ist der Kommissar überzeugt, dass Sie die Leiche in die Holzstapel verbaut haben. Morgen wird man deshalb hingehen und die Stapel auseinandernehmen, bis man etwas gefunden hat. Er sagt, wozu sonst sollte man so viel Holz stapeln, als um darin Leichen zu verstecken!«

»Nicht meine Holzstapel!« Das war zu viel! Tränen der Verzweiflung liefen über das Gesicht des hartgesottenen Eifelbauern. »Nicht meine Holzstapel!« Er sank auf seinem Stuhl zusammen, hilflos, ratlos. Ganz leise wimmerte er: »Aber ich habe doch gar nichts getan …«

»Eh, João!« rief Tobias Wennerscheid zwischen den Zweigen der Korkeiche her. Der Gerufene stellte die Leiter an den Baum, damit er aus der luftigen Höhe hinuntersteigen konnte. Am Boden angelangt, wischte Wennerscheid sich den Schweiß aus der Stirn und gab João das kleine Beil zurück, mit dem er die Rinde am oberen Ende des Stammes abgetrennt hatte. Der andere klopfte ihm auf die Schulter, gab ihm eine Flasche Wasser und begann, mit einem langstieligen Schieber die Rinde vom Baum zu lösen.

Das hatte man ihm mit Händen und Füßen erklärt: Hierbei war es besonders wichtig, dass man den Baum nicht verletzte, damit er bald wieder neuen Kork produzieren konnte, deshalb wollte man ihn diese schwierige Arbeit, die viel Gefühl und Erfahrung verlangte, nicht machen lassen. Neun Jahre brauchte es, bis die Korkeiche wieder eine so dicke Schicht produziert hatte, dass man sie gut auf dem internationalen Markt verkaufen konnte, und da war es schon ein Risiko, dem Fremdling aus Alemaña dies zu überlassen, auch wenn ihm alle bescheinigten, ein besonderes Gefühl für diese speziellen Pflanzen mitzubringen.

Auch nicht so viel anders als meine Buchen, dachte Wennerscheid, eigentlich waren es ja auch gar keine Eichen, sondern wirklich eine Buchenart, das hatte er gleich gemerkt, das er hier so etwas Ähnliches vor ihm stand wie das, was er in seinen Wäldern geerntet hatte. Hier in Portugal wuchsen sie halt etwas wärmer, das musste er neidlos anerkennen, besonders, wenn er in den blitzblanken Himmel sah.

Um sich herum sah er eine sonnenverbrannte Landschaft aus Hitze und Kargheit. Nur die Bäume gaben etwas Schatten. Ganz anders war es hier, als er es gewohnt war aus den tiefen Eifelwäldern, in denen die dichten Blätter der hohen Bäume malerische Lichtinseln auf den mit Farnkraut überzogenen Boden malten. Aber schön war es auch. Wärmer.

Und dabei war es nur ein Zufall gewesen, der ihn auf dieses wunderschöne Fleckchen Erde geführt hatte. Eigentlich hatte er ja auch nur den Hermann-Josef mal kurz ärgern wollen, so ein paar Schwierigkeiten machen. Ein bisschen Blut verspritzen, die Polizei aufscheuchen. Das mit dem Blut war ganz einfach, denn die Axt war so scharf, dass er sie nur über seinen Unterarm hatte ziehen müssen, um einen schrecklichen Blutschwall zu produzieren. Nur mit Mühe hatte er ihn mit seinem Hemd stillen können, das hatte er dann irgendwo hingestopft, im Garten, zwischen die Holzscheite.

Da war er sich schon ziemlich albern vorgekommen und hatte eigentlich schon nicht mehr genau gewusst, was die ganze Aktion eigentlich sollte. Und um darüber einmal in Ruhe nachzudenken, war er in den Wald gefahren, einfach so, um seine Ruhe zu haben. Doch dann war da dieser Lastwagenfahrer gewesen, der ihn dort auf dem Waldparkplatz bei Höfen aufgesammelt hatte, ja, und der war geradewegs bis an die Algarve durchgefahren. Drei Tage und Nächte waren sie unterwegs gewesen, bis sie ankamen. Der Gonçalo war ganz glücklich gewesen, er hatte ja nie im Leben damit gerechnet, dass er jemanden mitnahm, der einen LKW-Führerschein hatte und sich mit ihm abwechseln konnte. Und so brachte er ihn zu seiner Familie, zu João, zu dessen Frau Teresa und zu Filipa, ja, auch zu Filipa. Wenn er an sie dachte, dann wurde ihm noch wärmer ums Herz, als ihm in der Hitze schon war. Sie war die Tochter von Gonçalo, nicht mehr ganz die Jüngste, aber das war er ja auch nicht. Und die Blicke, die sie ihm zuwarf …

So was wartete in der Eifel nicht auf ihn! Was gab es denn da überhaupt? Nur Frust und Ärger! João hatte ihn schon gefragt, ob er nicht noch diesen Monat bei der Ernte helfen könnte. Und dann musste man auch in die Olivenhaine, Arbeit ohne Ende, die alleine nicht zu schaffen war.

Also, das reizte ihn ja doch schon, Olivenernte, davon hatte er so viel gehört. Diesen Monat würde er auf jeden Fall noch bleiben, und dann würde man sehen. Vielleicht blieb er ja auch ganz hier. Den Hof hatte sich sicher schon die Bank unter den Nagel gerissen, und durch seine Wälder fuhr bestimmt schon der Menges mit seinem Harvester. Tobias Wennerscheid lachte. Na, da hatte der ja endlich genug zu stapeln, der mit seinem Holz vor der Hütte!

Der Pokal

von Stefan Valentin Müller

Er beobachtete die Pose. Leuchtend orange taumelte sie auf der dunklen Oberfläche des Maars. Wie eine kleine Boje. In einem Bogen führte die feine, bläuliche Angelschnur von der Wasseroberfläche zum Spitzenring der Rute. Der Wind stellte die Pose schräg, kleine Wellen dreggten um den Körper aus Kork. Hans Kleinfeld benutzte nur Naturmaterialien für seine Schwimmer. Beim Angeln war er Traditionalist. Der ganze neumodische Kram war ihm zuwider, wie er bei jedem Angler-Stammtisch betonte.

Der Stammtisch. Als er letzten Sonntag in die *Kühle Quelle* gekommen war, waren die Gespräche verstummt. Wie in einem alten Western, hatte er noch gedacht. Dann hatten die Kollegen aus dem Angelverein einer nach dem anderen bezahlt und waren gegangen. Auch jetzt hielten sie Abstand, als hätte er eine ansteckende Krankheit. Der Pokal stand auf einem Tisch am Ufer, er glänzte wie Gold in der Morgensonne. Der Pokal, den Gereon Wagner mit großer Geste gestiftet und fünfhundert Euro Preisgeld unter dem Beifall der Angelbrüder dazugelegt hatte. Kein Wunder, dass heute alle da waren. Selbst Hufgard, der Ortspolizist, versuchte sein Glück, er, der nie etwas fing. Vor dem Tisch die noch leeren Stühle der Richter und die Fischwaage. Drüben, am anderen Ufer des Maars drängten sie sich beinahe. Rute neben Rute hing dort über dem Wasser. Ihm sollte es recht sein, die dicksten Karpfen hielten sich noch im Schatten, und der Schatten war bei ihm.

Licht und Schatten, dachte er. Schon in der Lehrzeit hatte sich Gereon Wagner aufgespielt, beim Tanz hatte er die hübschesten Mädchen abbekommen und später Agnes geheiratet. Agnes, um die auch Hans geworben hatte. Sie war zu einer hochnäsigen Unternehmersgattin geworden, die ihn kaum noch grüßte. Dabei hatte er stets besser gearbeitet, er, zu dem das Material sprach, wie der alte Schustermeister immer sagte. Hans liebte den Duft von Leder und Klebstoff in der Werkstatt – Gereon war der Geruch schon damals zuwider gewesen. Deshalb hatte er, Hans, das Geschäft vom alten Ackermann bekommen, nicht Gereon. Der hatte dann fabrikfertige Schuhe verkauft, Billigware. Erst hier im Ort, dann kam in der Kreisstadt die erste Filiale, bald die zweite, die dritte. Wagner-Schuhe – wie oft hatte er sie in der Hand, schlecht verarbeitete, widerspenstige Laufartikel. Unter guten Schuhen verstand Hans etwas anderes. Doch wer kaufte heute noch gute Schuhe? Gereon war ein echter Geschäftsmann, das musste man ihm lassen, aber kein Schuster.

Auch kein Angler. Nur durch seine Spenden war er in den Vorstand gewählt worden, kaum einer hatte dagegen für ihn, Hans Kleinfeld, gestimmt. Dabei holten alle das Karpfenfutter bei ihm. Keiner mischte solch fängigen Futterbrei. Auch heute fischten alle damit, selbst der Ortspolizist. Alle waren sie die letzten Tage gekommen und hatten kleinlaut einen Eimer mitgenommen, auch wenn sie ihm auf der Straße aus dem Weg gingen. Wegen des Verdachts. Er lächelte und gab Schnur nach, damit die Pose etwas weiter hinaustreiben konnte. Eine sonntägliche Ruhe lag über dem Wasser. »Die Maare sind die Augen Gottes«, hatte sein Vater einst gesagt, als sie am Ufer des kreisrunden Sees gestanden hatten.

Freitag vor einer Woche war es gewesen. Es kam Hans vor, als lägen der Abend und die lange Nacht Jahre zurück. Es hatte an der Tür zur ehemaligen Waschküche geklopft, Hans war gerade dabei, das Gaff zu schleifen. Er liebte gepflegtes Werkzeug. Mit dem Daumen prüfte er die Edelstahlspitze – bleistiftspitz. Wie in zimmerwarme Butter würde der Haken in die Karpfenköpfe dringen, um die schweren Körper aus dem Wasser zu ziehen. Gereon Wagner stand vor seiner Tür. Wie immer im Anzug. Er trug feine englische Schuhe, die hatte er sicher nicht in seinem eigenen Sortiment. Gereon schaute sich pikiert in der Waschküche um. »Na, Kleinfeld, bereitest dich auf den Wettkampf vor?«

»Was willst du?« Das auslaufende Rad der Schleifmaschine gab einen hohen Ton von sich.

»Ich weiß nicht, ob du es gehört hast? Ackermanns Tochter hat mir das Haus verkauft.«

Hans Kleinfeld hatte das Gefühl, als stecke ein Keil in seiner Kehle, nur mit Mühe gelang es ihm, wieder einzuatmen. »Was hast du vor?«

Mit Daumen und Zeigefinger nahm Gereon Wagner eine fleckige Zeitung vom alten Holzstuhl und ließ sie auf den Boden fallen. Er betrachtete kurz die Sitzfläche, als ob er mit sich ringe, Platz zu nehmen. »Was denkst du, habe ich mit der Bruchbude vor? Abreißen natürlich. Ich habe Pläne für einen großen Schuh-Discounter. Um deine Schusterwerkstatt tut es mir leid, aber Geschäft ist Geschäft.«

Hans Kleinfeld konnte sich später nicht mehr daran erinnern, was er in dem Moment gedacht hatte, ob er überhaupt etwas gedacht hatte. Er konnte sich nur noch an Wagners Blick erinnern und an das Wort *niemand*. Niemand würde ihm die Schusterwerkstatt wegnehmen. Schon gar nicht Gereon Wagner, der ihm schon zu viel im Leben weggenommen hatte! Die Augen waren Wagner wie einem Zwanzigpfünder hervorgequollen, der erkennen muss, dass er den Drill verloren hat.

Die richtige Mischung zum Anfüttern der Karpfen zu kreieren, ist eine Kunst, und die beherrschte er, Hans Kleinfeld. Diesmal hatte er sein Rezept etwas abändern müssen. Kleingemahlenes Fleisch im richtigen Verhältnis zu gedämpften Kartoffeln und eingeweichtem Brot. Algenmehl und Anis. Anis machte die kräftigsten Fische verrückt. Am Schluss warf er eine Handvoll frisch geriebenen Koriandersamen zu den Zutaten in den Waschkessel. Dann stellte er den elektrischen Rührlöffel an, den hatte er selbst gebaut. Den Futterbrei füllte er in die Fünflitereimer, die die Angelbrüder die nächsten Tage abholen würden.

Um seine Pose sah er einen schwarzen Schatten nahe der Oberfläche. Ein breiter Rücken, kräftige Schwanzflosse, die den schweren Körper mit einem Schlag mühelos beschleunigen konnte. Man würde die Trophäe umtaufen müssen in »Gereon-Wagner-Gedenkpokal«.

Er lächelte. Am anderen Ufer meinte er den Ortspolizisten Hufgard zu sehen, der kleine Bällchen aus dem Futterbrei formte und sie ins Wasser warf. Ohne Leiche keine Anklage, dachte er und griff nach der Angel, ein Karpfen hatte gebissen.

In bester Gesellschaft

von Nicole Mahne

Zweimal schlägt mein Kopf gegen die Kante der Heckklappe, dann ein taumelnder Tango, und wir gehen unsanft zu Boden. Glotz nicht so entsetzt! Ich kann mir auch Angenehmeres vorstellen, als gerade auf dir zu liegen. Oh, wie bezaubernd sich die kleine Kapelle im Mondlicht ausnimmt! Erinnerst du dich? An unserem Hochzeitstag hast du mich auch getragen. Damals hing mein Kopf allerdings nicht auf Höhe deines Gesäßes, das, mit Verlaub, auch schon bessere Zeiten gesehen hat. Sie hat übrigens Courage, deine Geliebte. Und Schlagkraft! Will sie dich endlich für sich allein? Mit dem Geld wäre ich euch für immer erspart geblieben, wäre abgetaucht, weit weg von dir und dieser stickigen Monotonie. Du Narr wolltest mir den plötzlichen Geldsegen wohl verheimlichen? Ein einfallsloser Schwachkopf bist du! Eine Spende, wirklich lächerlich! Was für ein entzückender Friedhof, sogar mit Ausblick auf das Maar. Eine wahrhaft exklusive Ruhestätte für die ausgemusterte Gattin! Du verfügst über Restbestände romantischen Empfindens, mein Lieber. Die Würmer hier werden mir eine amüsantere Gesellschaft sein als du.

Er trug sie vorbei an der Kapelle und dem angrenzenden Friedhof zum Ufer des Maars. Seine rechte Schulter schmerzte infolge des harten Sturzes. Als sie plötzlich auf ihm lag, steif und kalt, erfasste ihn ein beklemmendes Grauen, und er stieß die Leiche panisch von sich. Für einen Moment glaubte er, ihr spöttisches Lachen zu vernehmen. In den letzten Jahren war seine Frau unausstehlich geworden, ließ keine Gelegenheit aus, ihn zu demütigen. »Trostloses Würstchen«, schimpfte sie ihn in Anwesenheit von Freunden und Bekannten, angetrunken und lautstark. Betretenes Schweigen unter den Partygästen, während er sich bemüht gelassen gab. »Sie spielt uns in die Hände«, hatte Elisa geflüstert und ihm einen bedeutenden Blick zugeworfen, den er nicht einordnen konnte. Noch am selben Abend unterbreitete sie ihm ihre Idee. Ein einziges Telefonat würde genügen, für den tödlichen Schlag sei sie zuständig, er brauche lediglich das Geld zu besorgen. Er liebte Elisa, und ihr Bitten und Flehen ließ ihm keine Wahl. Elisa, seine gefühlvolle Elisa, zu lange hatte er ihr ein Leben im Verborgenen zugemutet. Ihr Plan ging auf. Seine Frau belauschte neugierig sein fingiertes Telefonat. Von Geld war die Rede, eine unerwartete Erbschaft, insgesamt 300.000 Euro. Er wolle es in eine Stiftung fließen lassen, sobald es auf seinem Konto verbucht sei. Mit langen, ruhigen Schlägen ruderte er bis zur Mitte des Vulkansees und ließ den Sack mit Backsteinen beschwert auf den 50 Meter tiefen Grund hinabsinken. »Hier bist du in bester Gesellschaft«, verabschiedete er seine Frau. Das Totenmaar, ein feuchtes Grab für die Habgierigen und Herzlosen.

Elisa wartete wie vereinbart im Auto. Durch den Rückspiegel sah sie ihn stürzen. Unwillkürlich musste sie über das skurrile Schauspiel lachen. Mühsam rollte er sich unter dem leblosen Gewicht hervor, schulterte den Sack erneut und stolperte in die Dunkelheit. Bisher war alles reibungslos verlaufen. Seine Frau hatte nicht lange gezögert. Bereits einen Tag nach dem Telefonat hob sie das Geld von dem Konto ihres Mannes ab. Ihr spurloses Verschwinden würde niemanden misstrauisch machen, konnte Elisa ihn beruhigen. Nicht, nachdem seine Frau ihre Verachtung derart zur Schau getragen hatte. Verlassen hätte sie ihn, vorher sein Konto geplündert. Das Geld? Ein Kredit, aufgenommen für eine größere Investition, ja, seine Frau hätte natürlich davon gewusst und die Gelegenheit schamlos ausgenutzt. Elisa griff auf die Rückbank und zog einen Koffer hervor. Sie öffnete ihn und ließ die Hand liebevoll über die Scheinbündel gleiten. 300.000 Euro! Ein Jahr war sie mit ihm ins Bett gestiegen, hatte sein erbärmliches Leben versüßt. Wie gut sie seine Frau verstehen konnte!

Als die Leiche den Grund des Maares erreicht, verlässt der Wagen den Parkplatz der malerischen Kapelle. Gegen das Licht des Vollmonds zeichnet sich die Silhouette eines einsamen Ruderers ab.

So ganz ohne Nachbarn

von Michael Rossié

Als das Telefon klingelte, hatte Reinhard Ehrmann gerade das Mittagessen vor der Panoramascheibe mit Blick auf die in allen Grüntönen schimmernden Berge eingenommen.

»Eifeler Regionalkurier, ich darf Sie beglückwünschen.«

»Wozu?« Ehrmann brauchte ein wenig, um wieder in der Wirklichkeit anzukommen.

»Sie haben einen Präsentkorb gewonnen«, sagte der Mann am Telefon.

»Ich nehme grundsätzlich nicht an Gewinnspielen teil.«

»Sie sind das tausendste Mitglied des Fördervereins der städtischen Leihbücherei.«

»Ich war hier nie in einer Bücherei.«

»Das müssen Sie auch nicht.« Der Mann am anderen Ende der Leitung schien dieses Gespräch schon öfter geführt zu haben. »Jedes neue Mitglied unserer Gemeinde gehört automatisch dazu. Wie Sie es auch drehen und wenden – Sie haben gewonnen. Und ich werde ein Porträt über Sie in unserer Zeitung schreiben. Wann kann ich vorbeikommen?«

»Gar nicht!«, brummte Ehrmann, »ich stifte das Zeug!« Dann legte er auf.

Als es am Nachmittag an der Tür klingelte, war Ehrmann gerade beim Wirtschaftsteil.

Ein junger Mann in Jeans und halblanger Lederjacke stand vor der Tür. »Sven Sander, Eifeler Regionalkurier«, sagte er strahlend, »ich hatte mich eben angemeldet.« Bevor Ehrmann antworten konnte, schob sich der junge Mann in die Wohnung.

»Raus mit Ihnen!«, sagte Ehrmann »ich will keinen Artikel in der Zeitung.«

»Publicity braucht doch jeder!« Sander legte ein sonores Timbre in die Stimme.

»Ich nicht!«, wiederholte Ehrmann. »Bitte verlassen Sie sofort mein Haus.«

Jetzt drehte sich Sander um. Alles Freundliche war verschwunden, als sei es nie da gewesen. »Ich werde einen Artikel über Sie schreiben, so viel steht fest.«

»Ich will nicht!«, sagte Ehrmann wie ein trotziges Kind. Was wollte dieser Typ?

»So viel passiert hier in der Eifel nicht!«, fuhr der junge Mann fort. Ich kann mir doch ein so wichtiges Thema für einen Artikel nicht entgehen lassen. Schließlich lebe ich davon.«

Ehrmann hatte verstanden. Er begann nach seiner Geldbörse zu suchen. »Hier sind 50 Euro, das dürfte die Unkosten für den entgangenen Artikel decken.«

»Was denken Sie über die Eifel?«, sagte der Journalist lachend.

»Nur das Beste«, sagte Ehrmann, jetzt hörbar gereizt. »Hier wohnen nette, freundliche Menschen, aber jetzt lassen Sie mich um Gottes willen endlich allein.«

Sander ging als Antwort ins Wohnzimmer und setzte sich – mit Blick auf die Landschaft.

»Ich rufe die Polizei!«, sagte Ehrmann.

»Bestellen Sie Rudi schöne Grüße, ich muss sowieso bei ihm vorbei, die Äpfel abholen«, sagte Sander gut gelaunt. »Es zieht, ich schlage vor, Sie schließen die Tür und setzen sich.«

Ehrmann atmete tief, ging zurück in den Flur, schloss die Haustür und setzte sich. »Hören Sie!«, begann Ehrmann, »ich habe mich hier in die Eifel zurückgezogen, weil ich meine Ruhe haben will. Unberührte Natur, gradlinige Menschen, warmherzige Gastgeber ...«

»Sie haben unser Prospektmaterial aufmerksam studiert. ›Die eigenwillige und urwüchsige Landschaft zu entdecken ist ein Erlebnis.‹ Hat Ihnen der Makler auch versprochen, dass Sie keine Nachbarn haben werden, und dass Sie sich unbeobachtet fühlen können?«

»Ja natürlich, das ist schließlich ein gutes Argument, um hier zu wohnen.«

»Sie sind nicht ganz freiwillig hier, oder?«

»Natürlich bin ich freiwillig hier!«

»Na ja«, Sander lächelte, »im Golfclub in Frankfurt sieht man Sie im Moment nicht so gerne.«

»Was wollen Sie von mir?« Ehrmann konnte sich nicht erklären, was das Ganze sollte.

»Von Ihnen persönlich ... nichts, obwohl ... die Finanzkrise kennt nicht nur Verlierer!«

»Niemand kann mir vorwerfen, dass ich Geld verdient habe.«

»Nein, aber Sie haben im großen Stil abgeräumt. Allein Ihre Abfindung als Manager für einen Fonds, der Tausende in den Ruin getrieben hat, war siebenstellig.«

»Es war alles absolut legal.«

»Trotzdem ist es besser abzutauchen, bis sich die Wogen ein wenig geglättet haben.«

»Ich gebe Ihnen einen Scheck über zehntausend, wenn Sie sofort verschwinden.«

Diesmal lächelte Sander nur, ihre Vorstellungen schienen sich anzunähern. »Unangenehm, so ein Artikel ... Demonstranten vor dem Haus, zerstochene Reifen ...«

»Zwanzigtausend!«

»Wenn es nur um mich ginge, kein Problem. Aber hier in der Eifel halten wir zusammen. Und der Kindergarten im Ort ist stark renovierungsbedürftig ...«

»Was geht mich Ihr Kindergarten an!«

»Vielleicht denken Sie mal an Nachwuchs!«

»Denke ich nicht. Lassen Sie mich in Ruhe. Ich brauche niemanden!«

»Jetzt stellen Sie sich nur mal vor, Sie hätten eine verstopfte Toilette, und der Klempner kommt nicht. Wochenlang nicht. Monatelang nicht. Also ich fände das unangenehm.«

»Wieso sollte der Klempner nicht kommen?«

»War schon jemand wegen der Fernsehantenne da?«

»Nein, wieso?«

»Ja, das wird dauern. Ich habe gesehen, der Müll wurde auch nicht abgeholt.«

»Seit Wochen nicht!«

»Ja, das geht hier vielen Neubürgern so, die in der Finanzkrise hierher gezogen sind.«

»Sie wollen sagen, die holen den Müll mit Absicht nicht ab?«

»Glauben Sie, der Händler bringt Ihnen keine Getränke, weil Sie so weit weg wohnen? Und dass Sie keinen Termin beim Friseur kriegen, halten Sie doch nicht etwa für Zufall?«

Ehrmann sagte kein Wort. Er saß auf dem Sofa, und man sah, dass es in ihm arbeitete. »Meine Putzfrau hat gesagt ...«

»Ja, die Agnes!« Sander schmunzelte, »Sie weiß leider nicht, was ein Investmentfonds ist«

»Unterstehen Sie sich, sie aufzuhetzen. Ich brauche sie hier!«

»Wir sind eine große Familie, Herr Ehrmann. Da bahnen sich wichtige Informationen mit großer Kraft ihren Weg. In diesen rauen Gegenden sollte man ein Zeichen setzen.«

»Verlassen Sie mein Haus!«

»Stellen Sie sich vor, Sie sind auf *Essen auf Rädern* angewiesen, und zu Ihnen kommt niemand. Der Apotheker kann Ihre Medikamente nicht auftreiben. Das passiert hier oft, wenn ein Fremder etwas bestellt. Auch mit Zahnschmerzen möchte man nicht stundenlang fahren, ehe man einen Arzt findet, der Fremde behandelt. Selbst die Feuerwehr ist hier sehr wählerisch.«

»Ich werde schon für mein Recht kämpfen!«

»Schlechtes Stichwort. Auch ein Rechtsanwalt, der Fremde vertritt, ist hier schwer zu finden.«

»Was ist, wenn ich nicht zahle?«

»Auch eine Möglichkeit. Der Kollege für das Interview im Radio kommt übermorgen, und der Schneeräumdienst kommt dieses Jahr gar nicht mehr. Ihre Autowerkstatt ist leider überlastet.«

Ehrmann schaute grimmig vor sich hin und schwieg.

»Seien Sie froh, dass ein Kollege von Ihnen die Schule schon hat renovieren lassen. Das war richtig teuer. Aber überlegen Sie mal: Vielleicht wollen Sie ja gar nicht in der Eifel bleiben?«

»Wie viel kostet mich der Kindergarten?«

»Wundern Sie sich aber nicht, wenn Sie für das Haus nicht mehr den Preis bekommen, den Sie dafür bezahlt haben. Die Familie des Maklers ist seit vielen Jahrzehnten hier ansässig.« Sander stand auf und ging Richtung Wohnungstür, ohne sich umzudrehen. »Übermorgen bekommen Sie den Kostenvoranschlag für den Kindergarten! Eine Spendenquittung gibt es leider nicht. Ihr zuständiger Finanzbeamter ist von hier.«

Sander öffnete die Haustür, grüßte noch einmal kurz und verschwand dann über den schmalen Weg Richtung Straße.

Ehrmann sah ihm nach. Die grüne Landschaft war wie von einem hauchdünnen, giftigen Film überzogen. Es roch nach Schwefel, und ein kalter Wind bauschte jede Falte seiner Kleidung. Ewig würde er hier nicht bleiben können. Wie konnte man sich sicher fühlen, wenn man ein ganzes Eifelstädtchen gegen sich hatte?

Der Teich

von Martina Kempff

Zugegeben: es ist eine drastische Methode. Aber es gibt keine andere Lösung. Alle friedlichen Mittel habe ich ausgeschöpft. Ich war krank vor Sorge um das Wohl eines anderen Menschen, habe alles unternommen, um ihn vor sich selbst zu retten, ihm sein Leben zu erhalten. Damit ist jetzt Schluss. Heute Abend erobere ich mir meinen Seelenfrieden zurück. Die Ruhe, deretwegen ich ja mit meiner Frau aus der Großstadt aufs Land gezogen bin, und auf die ich ein Recht habe.

Mensch, gib Gas, du blöder Holländer! Ich hab's eilig! Kein Schwein hält sich hier auf der B 51 an die Geschwindigkeitsbegrenzung!

Ich muss schließlich zeitig vor Ort sein, damit alles wie geplant klappt. Natürlich wird es wie ein Unglück aussehen. Und natürlich werde ich zur Beerdigung gehen und mit den anderen darüber klagen, wie schrecklich es doch sei, so jung auf so fürchterliche Weise aus dem Leben gerissen zu werden.

Was fällt dir ein, auf die Bremse zu treten, du traniger Holzschuh? Berge anschauen, was? Ja, tute nur ruhig weiter. Ich habe die weiße Linie auch gesehen.

Linien sind dazu da, um überschritten zu werden. Ich werde nachher eine weitere überschreiten. Und da wird keiner hupen. Schade, dass es so weit hat kommen müssen.

Dabei hat alles so schön angefangen. Der ideale Neubau für 'nen Appel und 'n Ei mit traumhaftem Weitblick. Kein olles Bruchstein-Bauernhaus, an dem man ewig zimmern muss.

Bin ja nicht blöd wie die anderen Kölner, die mit ihrem Eifeler Landleben nur Huddel haben. Vor allem mit den Bauern und so. Die Gülle fahren, wenn man grillen will. Nein, wir haben uns in eine adrette, kleine Siedlung nahe Prüm eingekauft. Mit ordentlichen Vorgärten, gepflegten Rasenflächen und sauber gestrichenen Jägerzäunen. Wie ein Großstadt-Vorort ohne Großstadt.

Endlich zweispurig! Was kommt denn da hinten angedüst? Ein Porsche, klar, an den häng ich mich jetzt mal dran. Bremse dann kurz vor Schmidtheim ab und lach mir 'nen Ast, wenn der Porsche vom Starenkasten geblitzt wird!

Erst hatten wir sehr netten Kontakt zu den Nachbarn. Fanden auch den Sohn süß, haben ja selbst keine Kinder. War alles prima, bis meine Frau die Idee zu dem Teich hatte. Ginge nicht, wehrte die Nachbarin ab, da könnte ihr Jung drin ertrinken. Dann soll er doch schwimmen lernen, schlug ich vor. Seitdem ist unser Verhältnis gespannt.

Den Teich haben wir natürlich trotzdem angelegt, einen natürlichen Badeteich mit Selbstreinigung und Bachlauf, fast zweihundert Quadratmeter groß. Und zum Nachbargrundstück hin haben wir eine Mauer gebaut. Oben auf den Zement kleine Glasscherben eingelassen, damit der Junge gar nicht erst auf Kletterideen kommt. Er kam auf andere, zwängte sich durchs Gebüsch, marschierte einfach durch den Vorgarten und einmal sogar durch unsere offene Haustür nach hinten durch. Der Teich zog ihn an wie der Speck die Maus, ganz gleich, wie oft wir ihn fortscheuchten. Erst fürsorglich, dann wütend.

Verdammt, ein Holzlaster, da muss der Porsche in die Eisen. Werde wieder nicht erfahren, ob da ein Film im Starenkasten ist. Und ausgerechnet jetzt wird die Straße wieder einspurig. Scheiß-Gegenverkehr!

Dann fingen meine Albträume an. Schweißgebadet wachte ich allmorgendlich auf und stürzte ans Fenster, nur, um erleichtert festzustellen, dass kein lebloser Kinderkörper in unserem Teich trieb. Wie sollte ich meines Lebens jemals wieder froh werden, wenn der Junge in meinem Teich ertrinken sollte? Wie nur konnte ich ihn davor schützen?

Ich redete auf das Kind ein, wies es auf die Gefahren hin und zeigte ihm den Untergang einer jener Nacktschnecken, die meine Frau sonst mit der Schere zerschneidet. Der Junge steckte einen Fuß ins Wasser, grinste mich herausfordernd an und blieb unzugänglich.

Seine Eltern drohten mich anzuzeigen, wenn ich keinen unüberwindlichen Zaun um meinen Teich errichtete. Was ich zähneknirschend tat. Die Optik unseres Gartens ist durch dieses Stahlgitter stark beeinträchtigt. Damit hätte ich notfalls noch leben können. Nicht aber mit dem Anblick, der sich mir am Tag nach der Fertigstellung des Zauns bot. Dieses unbezwingbare, fürchterliche Kind hockte hinter der seinetwegen errichteten Absperrung auf einem glitschigen Stein am Ufer, hielt einen Zweig wie eine Angelrute ins Wasser und beugte sich weit vor.

Ah, da ist ja der Tulpenfresser in seiner lahmen Kutsche wieder hinter mir. Was ist denn das?! Das gibt's doch gar nicht! Was fällt dem ein, mich hier zu überholen? Lebensgefährlich, solchen Leuten sollte man den Führerschein entziehen! Und genützt hat es ihm rein gar nichts. Der Holzlaster ist immer noch vor dem Porsche. Verdammt, die Zeit wird jetzt echt knapp.

Der Drang, dieses elende Kind ins Wasser zu werfen, um das Problem ein und für allemal aus der Welt zu schaffen, war übermächtig. Ich erschrak vor diesem Gedanken, dessen Ausführung mir den Ausblick auf ein ganz anderes Gitter eingebracht hätte. Gerade um den Jungen vor dem Tod durch Ertrinken zu bewahren, hatten wir doch dieses Bollwerk errichtet! Ganz hinten in meinem Kopf arbeitete es weiter: Wenn der Junge verschwunden ist, muss ich mich nicht mehr um ihn ängstigen. Wenn er woanders zu Schaden kommt, kann er nicht mehr in meinem Teich ertrinken. Aber noch war das nur ein ganz diffuser Gedanke.

Ich versuchte es ein weiteres Mal im Guten und bot den Eltern an, ihrem Sohn das Schwimmen beizubringen. Empört wiesen sie mein Ansinnen ab, mir unterschwellig gar unsittliche Absichten unterstellend. Ich drohte an, sie wegen Vernachlässigung der Aufsichtspflicht anzuzeigen und ihnen das Jugendamt auf den Hals zu hetzen. Meine Frau traute sich danach nur noch aus dem Haus, wenn von den Nachbarn niemand zu sehen war. Aus Angst beschimpft oder nicht gegrüßt zu werden. Unser Eheleben litt unter meinem Teich-Krieg mit dem Nachbarsjungen.

Jawoll, das ist gut, der Laster biegt jetzt in Dahlem ab, dann kriegt der Holländer Ohrensausen! Gleich wird's zweispurig, da kann ich durchstarten!

Ich nahm Urlaub und legte mich auf die Lauer, aber die nächsten beiden Tage tauchte der Junge tatsächlich nicht mehr auf. Nicht etwa, weil die elterliche Aufsicht jetzt funktionierte, wie ich am dritten Tag schmerzlich erfahren musste. Sondern weil sich der kleine Terrorist in den vergangenen Tagen ein Floß gebastelt hatte! Fassungslos starrte ich zum Fenster raus, sah, wie er das aus Zweigen krude zusammengestöpselte Teil über die Umzäunung warf und dann flink wie ein Äffchen einfach über das anderthalb Meter hohe Gitter huschte. Die kriminelle Energie dieses Knaben war grenzenlos. Er schlich sich sogar eines Nachts aus seinem Elternhaus und setzte Schalen voller brennender Teelichter in unser ureigenes Wasser! Von seinem höhnischen Glucksen geweckt, sprang ich aus dem

Bett, stürzte in den Garten und versetzte dem Jungen eine solche Ohrfeige, dass er beinahe ins Wasser gestürzt wäre. Ich konnte ihn gerade noch festhalten.

Leider war ich nackt. So schlafe ich nun mal. Aber ich kam gar nicht dazu, das der Nachbarin zu erklären, die mich auf der Suche nach ihrem Sohn plötzlich mit der Taschenlampe anstrahlte. Natürlich war nicht er der Einbrecher, der meinen Teich mit Teelichtern verunstaltete und sich selbst in Lebensgefahr brachte, sondern ich der Kinderschänder, der ihren Sohn an das dunkle Wasser heranlockte!

»Schütte den Teich zu«, flehte mich meine Frau an.

Fünfzigtausend Euro in den Sand setzen? Niemals.

Der Teich müsse weg, beschwor sie mich, sonst würde sie mich verlassen. Sie könne den ganzen Stress nicht mehr ertragen. Sie deutete auf den Teich: »Er oder ich. Er macht uns eh nicht froh.«

Sie hatte recht. Er musste weg. Der ganz und gar nicht froh machende Junge. Der sonst irgendwann in unserem Teich ertrinken und uns damit unglücklich machen würde. Der die Beziehung zur Nachbarschaft empfindlich gestört hatte und eine unfassliche Bedrohung für unser Lebensglück darstellte.

Freie Bahn. Zweispurig, kilometerweit. Herrlich! 120, 150, 180, gleich 200. Der Luxemburger in seinem SUV da ist ja auch recht flott unterwegs. Was denn, der will sich mit mir ein Wettrennen liefern? Kannste haben, Junge! Huui, die Bergabkurve vor Stadtkyll nimmt sich mit 250 ja sensationell!

Ich habe alles gut erwogen; mich auch dem Wort Mord gestellt. Darauf läuft es ja hinaus, obwohl mir das Wort Totschlag besser gefällt: Ich muss um mich schlagen, um das, was ich mir und meiner Frau geschaffen hatte, unser beschauliches Landleben, zu verteidigen.

In einer knappen halben Stunde werde ich meinen Wagen nahe dem Wäldchen halten, das der Junge nach seinem Fußballtraining durchqueren wird. Der Käfig im Kofferraum schliddert bei dieser Geschwindigkeit ganz schön hin und her. Der Hund darin knurrt bedrohlich. Soll er auch. Ist schließlich ein frisch scharfgemachter, hungriger Pitbull. Der seinen Käfig selbst sprengen wird, sobald ich den Kofferraum aufgemacht habe und wieder sicher im Auto sitze. Da hat der kleine Teich-Terrorist nicht die geringste Chance. Und sollte der Pitbull je eingefangen werden, kann ihn niemand zu mir zurückverfolgen.

Da schaust du, Luxemburger! Ganz schön fix, wir Deutsche, was! Ah, ein Motorradfahrer, dem verschaffe ich gleich auch zusätzlich frischen Fahrtwind! So schnell wie die Harley bin ich allemal.

Jetzt nur noch hoffen, dass der Junge, wie sonst auch, allein durch den Wald geht. Unschuldige darf ich in diese Sache nicht reinziehen. Aus Pietätsgründen werde ich die Umzäunung noch ein paar Tage stehen lassen. Dann kommt sie weg, und ich kann mit meiner Frau endlich wieder in Frieden im Garten sitzen, den unvergitterten Ausblick auf unseren meditativen Naturteich genießen und mich auf eine Nacht ohne Albträume von einem ertrinkenden Jungen freuen. Zugegeben, eine recht drastische Methode, unseren Nachbarssohn vor dem Ertrinken zu retten …

Oh Gott, ein Traktor …

* * *

Auf der Beerdigung wurde der unnötige Tod des zugezogenen Kölners beklagt. Vehement wurde gefordert, die unübersichtlichen Ausfahrten auf der B 51 zwischen Stadtkyll und Prüm endlich zu schließen. Die Frau aus dem Haus gegenüber fragte sich, welcher Zeitpunkt wohl geeignet war, die

Siedlung über den Lebenswandel der Witwe aufzuklären, die schon am Tag nach dem furchtbaren Unfall wieder ihren Liebhaber empfangen hatte.

Später, dachte sie und flüsterte der Nachbarin mit dem kleinen Jungen an der Hand zu: »Der Hund war sein Vermächtnis, und dann hat sie den doch tatsächlich gleich ins Tierheim gegeben! Was ein Glück, dass er wenigstens kein Kind hinterlassen hat!«

Blutige Karriereleiter

von Manfred Reuter

Das Zeug trocknet verdammt schnell, dachte Hans-Werner Rodenstrauch-Scholtes und fasste sich ungläubig an den Hals. Wenn er nicht bald ein Waschbecken fände, würden seine blutbesudelten Finger am Ende noch zusammenkleben – wahrscheinlich bis in alle Ewigkeit, murmelte er mit hängender Unterlippe in den exakt auf 3,5 Millimeter gestutzten Bart hinein.

Dass einem Mann seines Kalibers so etwas passieren konnte, hätte er nie für möglich gehalten. Türrahmengroß und ebenso breit, Oberarme wie Kanthölzer und ein Nacken vom Volumen mehrerer Kilogramm Schweinsgulasch in wabbliger Plastiktüte aus der Metzgerei von nebenan, dazu das ewig gewinnende Lächeln im sonnenbankgebräunten Gesicht – maskulin konturiert und wie aus Eifeler Eiche geschnitzt. Um noch nachhaltiger auf sich aufmerksam zu machen, trug Rodenstrauch-Scholtes stets auffällige Brillen mit besonders breiten Rändern, weshalb man ihn in Kollegenkreisen und hinter vorgehaltener Hand gerne auch ein wenig despektierlich Rodenstock-Scholtes nannte. Wie viele Brillen er besaß, wusste er selbst nicht so genau. Das war ihm eigentlich aber auch vollkommen egal. Hauptsache, er fiel auf.

Wie auch immer: Jedenfalls war von dem akkuraten Schnitt, etwa einen Zentimeter unterhalb der Kehle, kaum noch etwas zu sehen. Von der klaffenden Wunde von vorhin, an die er sich in breiter Empörung und mit der geübten Mimik nachhaltigen politischen Protests gefasst hatte, sah man wenige Minuten nach der Gräueltat an ihm nur noch eine feine Linie.

Das hat der Mörder wirklich gut hinbekommen; saubere Arbeit, bilanzierte der Bundestagsabgeordnete Hans-Werner Rodenstrauch-Scholtes, pardon: der Ex-Bundestagsabgeordnete Rodenstrauch-Scholtes, als ihm endlich ein weißbärtiger Mann mit wadenlangem Gewand die Himmelstür öffnete.

»Ach du bist's, Rodenstock.« Petrus stöhnte, senkte den Kopf und fuhr sich mit der Hand an die Stirn. »Einfach unfassbar. Da muss etwas schief gelaufen sein. Ich hätte nämlich nie gedacht, dass wir dich hier oben einmal sehen würden. Wen hast du denn diesmal bestochen?«

»Nun aber mal halblang«, beschwerte sich Rodenstrauch-Scholtes und spreizte die blutverklebten Finger so weit er konnte, während seine Augen immer noch nervös nach einer Waschgelegenheit suchten. »War doch wohl klar, dass ich in den Himmel kommen würde. Immerhin bin ich jeden Sonntag zur Kirche gegangen und habe meiner Frau jeden einzelnen Seitensprung gebeichtet. Außerdem war ich dreißig Jahre lang Mitglied in der Partei der Christen, und zwar in maßgeblichen Positionen.«

»Komm mir bloß nicht mit dieser krummen Tour. Ihr Politiker seid ohnehin alle gleich«, winkte Petrus ab und rümpfte die Nase. »Ja, ja. Du hast tatsächlich viele hohe Ämter bekleidet. Und in der Kirche warst du tatsächlich fast jeden Sonntag. Aber dort hast du nicht gebetet, sondern gegaukelt, mein Lieber. Statt den Blick auf den Heiland am Kreuze zu werfen, richtetest du deine Andacht vielmehr auf das wollüstige Hinterteil der jungen Parteifunktionärin, die vor dir in der Bank kniete.«

Rodenstrauch-Scholtes huschte ein lüsternes Lächeln über den fischlippigen Mund: »Dorthin richtete ich meinen Blick in der Tat, und zwar nicht nur während der Gottesdienste. Und, obwohl die bei den Grünen war: Was glaubst du, Petrus, wie oft ich die gevö...«

»Schweig stille«, befahl Petrus nun in für ihn ungewöhnlich rüdem Ton. »Oft genug habe ich es mir ansehen müssen und dabei deine liebe Frau und die süßen Kinder bedauert. Nichts hast du beherzigt, was dein guter Herr Papa dir mit auf den Weg gegeben hat.«

Hans-Werner winkte lässig ab: »Vater hat es nicht weit gebracht. Heute würde man sagen, er war ein Loser.«

»Schäm dich! Dein Vater war ein ebenso guter wie kluger Mann. Er hatte recht, wenn er über Politiker sagte: ›Normalerweise müsste mindestens jeder Zweite von ihnen, der Wörter wie Herz, Moral und Anstand in den Mund nimmt, auf der Stelle tot umfallen.‹ Dabei hat er dich regelrecht bekniet, auf eine politische Karriere zu verzichten und stattdessen einem anständigen Beruf nachzugehen.« Als er das sagte, hob Petrus mahnend den Zeigefinger und schaute Rodenstrauch-Scholtes tief in die blauen Augen.

Den aber ließen der skeptische Blick und der Vorwurf in Petrus' Stimme kalt. Rodenstrauch-Scholtes schüttelte nur den Kopf, als wolle er von all dem nichts mehr hören. Ein paar blonde Strähnen blieben dabei an der verschwitzten Stirn kleben, die er nun in Falten legte, bevor er die Augen schloss und derart lang anhaltend durchschnaufte, dass er damit den Eindruck erweckte, er denke tatsächlich voller Reue über seine Missetaten der Vergangenheit nach.

Doch weit gefehlt. In Wirklichkeit malte er sich die Schlagzeilen aus, die es morgen in den Zeitungen der Republik zu lesen gäbe. *Bundestagsabgeordneter hinterhältig ermordet, MdB Rodenstrauch-Scholtes fällt Auftragskiller zum Opfer, Region trauert um Hans-Werner Rodenstrauch-Scholtes.*

Während diese Sätze wie ein Nachrichten-Ticker vor seinem geistigen Auge flimmerten, beschlich ihn ein geradezu unfassbar wohliges Gefühl, das ihm traumhaft kribbelnd bis in die Fußspitzen strömte; so wie damals, als es ihm zum ersten Mal gelungen war, einen jungen Partei-Kollegen vor dem versammelten Landesvorstand nach allen Regeln der Kunst zu denunzieren. War das herrlich! Für Hans-Werner ein Empfinden, das – nicht nur vom Kopfe her – hemmungslose politische Leidenschaft und Ekstase in ihm wachrief. Ja, es war mehr: ein politischer Orgasmus, von dessen Sorte er seinerzeit fortan nicht mehr genug bekommen konnte.

Während Rodenstrauch-Scholtes nun die blutverschmierte Krawatte über den Kopf zog und diese einem herbeigeeilten Engel zuwarf, wanderten seine Gedanken zurück zu dem Entsetzen, welches sich schon bald im ganzen Lande breit machen würde. Denn nicht nur die Schlagzeilen, auch der Nachruf der Parteispitze würde es in sich haben, überlegte Hans-Werner, der nun auf einem weißen, plüschbezogenen Schemel Platz nahm und sich das verschwitzte Hemd aufknöpfte. »Wir trauern um unseren guten Partei-Kollegen Hans-Werner Rodenstrauch-Scholtes, MdB, der sein ganzes Engagement dem Wohl der Allgemeinheit geopfert hat. Besonders seine Charakterfestigkeit, sein humanes Gedankengut, seine Glaubwürdigkeit, Kompromissbereitschaft, Aufrichtigkeit und das hohe Maß an Toleranz werden wir in unseren Reihen sehr vermissen.« So oder so ähnlich würde es in den allgemeinen Würdigungen und Grabreden heißen, überlegte er, während seine Augen zu funkeln begannen und sich sein Blick leidenschaftlich träumend in den Wolkenritzen des Himmel-Foyers verlor; untrügliches Zeichen dafür, dass die nächste kommunale Polit-Erektion unmittelbar bevorstehen musste.

Doch Petrus machte ihm einen Strich durch die Rechnung. »Übrigens, Herr Abgeordneter. Wir waren beim Thema Moral stehen geblieben«, rief er ihm zu.

Rodenstrauch-Scholtes brauchte einige Sekunden, um zu gegenwärtigen, wo er sich befand, so tief versunken war er in die Laudationes seiner Parteifreunde. Dann stand er auf, ließ sich von dem Engel mit dem langen, blonden Haar, dem er mit schmachtendem Blick das güldene Kleidchen längst ausgezogen hatte, ein weißes Gewand reichen und zog es über.

»Weißt du, Petrus. Beim Thema Moral fällt mir immer wieder mein Bruder ein«, sagte er. »Der hat es bis zum Professor der Philosophie gebracht. Meine Güte, wie oft lagen wir über Kreuz. Der dachte immer nur über das Leben nach, über die Sinnhaftigkeit der Existenz und über das Verlangen nach Moral.«

»Ein guter Mann«, sagte Petrus und nickte anerkennend mit dem Kopf.

»Aber er hat nie verstanden, dass diese Begriffe in der Politik absolut fehl am Platze sind.«

»Stimmt«, entgegnete Petrus. »In dem Punkt ist dein Bruder in der Tat ziemlich naiv. Trotzdem ist er ein kluger Mann, im Gegensatz zu dir.«

Rodenstrauch-Scholtes ließ sich erneut auf dem Schemel nieder, schlug die penibel rasierten Beine übereinander und kreuzte die Arme trotzig vor der Brust. »Was soll das, worauf spielst du an?«, fragte er.

»Darauf zum Beispiel, dass du dich während einer Podiumsdiskussion einmal fürchterlich blamiert hast, weil du steif und fest behauptetest, Landshut sei eine Nachbarstadt von Mogadishu. Wie peinlich! Fehlte nur noch, du hättest behauptet, nicht Nero, sondern Robert de Niro habe Rom anzünden lassen.«

Hans-Werner Rodenstrauch-Scholtes kratzte sich am Kopf, verzog den Mund und schwieg. Doch nur wenige Sekunden. Dann stand er auf, nahm seinen gewohnt breitbeinigen Stand ein, der ihn in dem langen, weißen Gewand ziemlich lächerlich aussehen ließ, und rief: »Da war ich gestresst. Das war mitten im Wahlkampf. Außerdem hatten wir alle etwas getrunken. Und trotzdem bin ich Bundestagsabgeordneter geworden.«

»Ja, das bist du. Wie so viele. Ich habe es genau verfolgt, mein lieber Hans-Werner«, bestätigte Petrus. Du hattest nämlich die einmalige Gelegenheit, dem damaligen Regierungspräsidenten einen Gefallen zu tun, wie man das nennt. Also überredetest du im Suff den Landrat, den als einflussreichen Anwalt tätigen Schwipp-Schwager des Regierungspräsidenten für das Bundesverdienstkreuz vorzuschlagen. Mit dessen Frau nämlich hatte der RP eine ziemlich heftige Affäre, was in dem Juristen übelste Rachegelüste ausgelöst hatte. Das Überreichen des Bundesverdienstkreuzes durch den Ministerpräsidenten – eine kleine Wiedergutmachung, wie man dies in euren Kreisen nennt – würde den Zorn des Schwippschwagers lindern. Und tatsächlich. Der Plan ging auf. Denn fortan schwieg der Jurist und gab sich lammfromm, sodass der Herr Regierungspräsident ohne Skandal davonkam und in Ruhe weiterregieren konnte. Im Gegenzug bereitete der RP dir den Weg durch die Gremien und Instanzen zum Einzug in den Bundestag.«

»So geht eben Politik«, gab Rodenstrauch-Scholtes völlig unbeeindruckt zurück und grinste.

»Ich weiß, mein Lieber, ich weiß«, antwortete Petrus, der nun tief durchatmen musste und die Augen in die Weite des Himmels schweifen ließ. »Ich sehe es ja jeden Tag. Von hier oben hat man einen wunderbaren Überblick.«

Kanadischer Charme

von Klaus Stickelbroeck

Mein Blick strich durch die dunklen Fensterrahmen dieser kleinen, abgelegenen Hütte nach draußen über die raue, unzerstörte Landschaft des Hohen Venn. Verdammt, hier wollte ich nicht tot überm Zaun hängen. Auch im wörtlichen Sinne nicht. Deshalb war ich ja hier.

»So, lieber Dirk, Wurst mit Senf aus Monschau. Ich habe mir sagen lassen, dass Gott in der Eifel war, als er den Senf erfand.« Er knipste mir ein Auge.

Ich grinste unverbindlich. Von meinem Cousin wusste ich nicht viel. Mark hatte seine Brötchen in den letzten gut zwanzig Jahren in Toronto verdient. Als sehr erfolgreicher Fotograf. Im Ersten lief neulich sogar eine Reportage über ihn und seine »aussagekräftigen« Portraitfotos. Unrasierte, kantige Männergesichter und magere Frauen mit geprügeltem Blick.

Kunst eben.

»Was verschlägt dich nach all den Jahren aus dem fernen Kanada hierhin in die Eifel?« Er schob sich ein Stück Wurst zwischen die Zähne.

»Ich brauchte dringend eine Luftveränderung, musste da raus. Zumindest für eine Weile bin ich hier in der Eifel gut aufgehoben. Ich werde wohl einige Zeit als Fremder, als Zugereister durchgehen, aber ich habe schon ein paar sehr interessante Menschen kennen gelernt.«

Ich grinste innerlich. Auf der Anrichte im Bad stand ein teures Damenparfüm, hinterm Sofa hatte ich einen schwarzen Seidenstrumpf mit Spitze entdeckt, und im Schrank des Gästezimmers hing außen links ein blaues, unlängst getragenes Negligé. Ich hatte mich bei Gelegenheit gründlich im Haus umgeguckt. Eine alte Angewohnheit.

»Und wie komme ich zu der Ehre deines Besuchs?«, fragte Mark.

»Tante Rita hat mir erzählt, dass du wieder in Deutschland bist. Von ihr habe ich deine Adresse. Ich war beruflich in der Nähe und dachte, ich schau mal bei meinem Cousin vorbei. Schön wohnst du hier!«

Schön, dass du wieder in Deutschland wohnst, wäre vielleicht richtiger gewesen. Das Wie und das Wo waren mir nämlich egal. Ich hatte Murks gebaut, keine Frage! Sie würden ein Exempel statuieren müssen. Und mir war klar, dass dieses Exempel die Form einer Neun-Millimeter-Kugel haben sollte, die mir jemand von hinten quer durch den Schädel jagt. Ich musste sofort von der Bildfläche verschwinden. Wie schön, dass Mark ausgerechnet jetzt eine Art Heimweh bekommen hatte.

»Du musst unbedingt über Nacht bleiben«, erklärte er. »Ich habe ein kleines, gemütliches Gästezimmer und mache uns morgen ein deftiges Frühstück. Glaub mir: Die Eifel hat eine Menge zu bieten.«

Ich dachte an das Negligé. Sicher! Demonstrativ blickte ich mit gerunzelter Stirn nach draußen in den dunklen Abendhimmel. »Das Angebot nehme ich gerne an. Ich bin, ehrlich gesagt, hundemüde.« Dabei reckte ich leise ächzend die Knochen. Ich musste ihm ja nicht auf die Nase binden, wie lange ich wirklich vorhatte zu bleiben. Das würde er früh genug merken.

Cousin Mark stand auf, öffnete einen Küchenschrank und murmelte, mir den Rücken zugewandt: »Schön. Und bevor wir uns hinlegen, gibt's noch einen Kräuterschnaps. Starkes Zeug, kann man prima von schlafen.«

Ich musterte seine schlanke Figur. Mark hatte sich gut gehalten. Er war siebenundvierzig, drei Jahre älter als ich, und hatte offensichtlich regelmäßig Sport getrieben. Auf seine Figur hätte man neidisch sein können. Ich nicht, denn ich war selbst mehr als sehr gut durchtrainiert.

Er drehte sich um und stellte zwei mit einer gefährlich klaren Flüssigkeit gefüllte Schnapsgläschen zwischen uns auf den Tisch. »Auf uns, Dirk. Schön, dich endlich wiederzusehen.«

»Stimmt. Gesehen habe wir uns das letzte Mal vor über zwanzig Jahren.«

»Und ist es nicht erstaunlich, wie ähnlich wir uns sehen?«

Ich nickte zustimmend: »Tante Rita hat mir immer wieder Fotos von dir gezeigt. Das hätte ich sein können. Sie hat uns schon damals, bevor du ausgewandert bist, immer verwechselt.«

»Tja, die Gene. Wir sind eben alle aus dem gleichen Stall«, grinste Mark und hob das Glas.

Das war, genau genommen, auch der Grund, warum ich meinen Cousin aufgesucht hatte. Untertauchen will nämlich gelernt sein, das ist schwieriger, als man denkt. Es reicht nicht, die Birne eine Zeitlang unter Wasser und die Luft anzuhalten. Man musste ja irgendwann wieder auftauchen. Und dann?

»Du wohnst hier sehr einsam.«

»Toronto war eine große Stadt. Ich wollte es eine Nummer kleiner.«

Okay. Sollte mir recht sein. Warum nicht jetzt gleich? Das Schnapsglas war leer, der Magen warm. Ich griff in meinen Gürtel, brachte die Knarre nach vorne und schoss ihm mitten in die Stirn. Er kippte mit dem Stuhl hintenüber.

Tot. Klar.

Sie bluten nicht sehr stark, wenn man die richtige Munition verwendet und ihnen direkt in den Kopf schießt. Das hatte ich schließlich gelernt. Leider hatte ich beim letzten Job den Falschen erschossen, was wiederum diese unplanmäßige Liquidation in eigener Sache erforderlich machte.

Ich hatte vor, die Identität meines Cousins aus Kanada anzunehmen.

Vorsichtig zog ich Mark in den Waschraum und wuchtete ihn in die Badewanne. Zurück im Wohnzimmer, schnappte ich mir einen feuchten Aufnehmer und wischte sorgfältig die wenigen, kleinen Blutspritzer vom Boden.

»Mark Müller!«

Ich hatte ihn nicht gehört, wirbelte herum. Wo kam der her? Wieso hatte Mark die Haustür nicht verriegelt? Und, verdammt, warum hielt der Typ ein Gewehr in seinen Fingern und zielte auf meinen Bauch?

»Das reicht! Ich bin euch draufgekommen! Sechzehn Jahre bin ich glücklich verheiratet, und du Schwein verdrehst ihr mit deinen verfluchten Fotoapparaten den Kopf. Nicht mit mir, nicht hier in der Eifel!«

»Das ist ein Missverständnis, ich bin nicht …«

»Es gibt ein sehr schönes Hochmoor in der Nähe. Sei sicher, dass ich ein sehr hübsches Plätzchen für dich finde. Es wird dir gefallen. Es wird dort sehr viel fotografiert!«

Ich hatte bei meiner Planung den intellektuellen, kanadischen Künstlercharme meines Cousins nicht bedacht. Mit dem konsequenten Umsetzen des einmal gefassten Entschlusses eines gehörnten Ehemanns wiederum musste ich jetzt rechnen. So sind sie in der Eifel.

Er drückte mehrmals ab. Ich spürte nur den ersten Treffer.

•

Rache(n)gold

von ULRIKE BLATTER

Jupiter omnipotens,
audacibus annue coeptis.[1]
Vergil

Als die ersten zwei Auslöschungen ohne Medienecho blieben, beschloss ich das Gesamtkonzept zu überdenken. *Mea est ultimo* – mein ist die Rache. Selbstverständlich musste ich mich an diesen obskuren Hobbyarchäologen rächen, die mein Vertrauen so schändlich missbraucht hatten. Hatte ich nicht gutes Geld gegeben für Kram aus illegalen Grabungen? Wahrscheinlich sahen sie in mir den Typ, der Betrüger herausfordert: ein pusseliger Freizeitgelehrter im Rentenalter, gehemmt und die Sprache mit lateinischen Phrasen untermischt. Einer, der mit wirrem Haar und in die Stirn geschobener Brille auf Flohmärkten selbstvergessen antike Funde betastet. Aber das ist nur die äußere Hülle. Was die gewöhnlichen Menschen übersehen, ist die Tatsache, dass meine Kenntnis der Antike mich schon längst von der Masse des gemeinen Pöbels abgehoben hat. Natürlich steckt eine gewisse Besessenheit dahinter, das gebe ich zu. Schon damals, als meine Schulkameraden nur das Studium der weiblichen Anatomie und sensorische Qualitäten der Moselweine im Kopf hatten, gab es für mich nichts Schöneres als Exkursionen auf dem Gebiet von *Germania inferior*, vulgo Nordeifel, quer durch eine der ältesten Kulturlandschaften

[1] *Allmächtiger Jupiter,*
heiße das kühn Begonnene gut.

Deutschlands bis hin zur damaligen Metropole *Augusta Treverorum*. Der neumodische Name Trier kommt mir bis heute nicht über die Lippen. Die Eifel galt damals kulturhistorisch als weißer Fleck und bevölkerungspolitisch als Armenhaus. Bitter klingt mir heute noch das Schimpfwort vom »Sibirien Deutschlands« im Ohr.

Auf dem Gebiet der Eifel-Archäologie war ich ein Pionier. Durch die tagelangen Wanderungen durch undurchdringliche Wälder wuchsen übrigens nicht nur Orientierungssinn und geistige Fähigkeiten, nein, auch die körperliche Ausdauer nahm in ganz erheblichem Maße zu. Ohne mich allzu sehr zu loben, bin ich auch heute noch eine ausgesprochen attraktive Erscheinung: männlich, sehnig, hochgewachsen, mit meinen markanten Gesichtszügen dem kriegerischen Schönheitsideal des antiken Roms entsprechend.

Leider fand ich nie eine Frau, die bereit war, sich meiner Leidenschaft für antike Preziosen unterzuordnen. Auch die Gründung einer Familie blieb mir versagt. So ist meine hübsche, illegale Sammlung mein einziger Lebensinhalt. Seit ich nicht mehr der Jüngste bin, kann ich ganze Tage damit zubringen, meine Schätze zu betrachten und zu katalogisieren.

Den Gedanken an einen fehlenden Erben schiebe ich erfolgreich zur Seite – noch.

Selbstredend kam es niemals zu einer öffentliche Würdigung meiner unermüdlichen Tätigkeit. Wahrscheinlich hätte sich die öffentliche Wahrnehmung auch nur auf diskriminierende Schlagzeilen, ein Gerichtsverfahren und mehrere Jahre Haft beschränkt. Also entwickelte ich in punkto Öffentlichkeitsarbeit keinen übertriebenen Ehrgeiz. Die heimlichen Grabungen überlasse ich mittlerweile den Jungen, die, mit Metalldetektoren ausgestattet, die Wälder um den römischen Grenzwall Limes oder die uralten Siedlungsgebiete der

Nordeifel durchstreifen. Leider gehen sie oft nicht mit der gebotenen Sorgfalt vor. Mir blutet das Herz, wenn diese Banausen zweitausend Jahre alte Knochen achtlos zur Seite werfen, um an Schmuck, Waffen oder Münzen heranzukommen.

* * *

Pecunia non olet – Geld stinkt nicht, hatte ich aber gedacht, als mir im Mai sechs ausgesprochen schöne Goldsolidi aus der Zeit Konstantins angeboten wurden. Vier Grabräuber waren es. Ich kannte sie von Flohmärkten. Vor einiger Zeit hatte man sogar Visitenkarten ausgetauscht. Wahrscheinlich wussten sie nicht mehr, dass ich alle Adressen hatte, sonst hätten sie wohl nicht den Kontakt über einen Mittelsmann laufen lassen. Die Sache war heiß.

Es waren seltene Münzen mit doppeltem Goldwert, sogenannte Medaillons. Andächtig wog ich das schwere, warme Metall in den Händen. Natürlich versuchte ich den Preis zu drücken. Aber dennoch war ich gezwungen, einen Kredit über sechstausend Euro bei einem dubiosen Anbieter aufzunehmen, einer von denen, die nicht viel fragen, aber horrende Zinsen verlangen. Meine Hausbank spielt schon längst nicht mehr mit. »Nehmen Sie doch endlich mal Vernunft an«, hatte die Sachbearbeiterin gesagt. Als ob Leidenschaft vernünftig sein könnte!

Am Abend nach dem Münzkauf warf ich nach dem Duschen einen Blick in den Badezimmerspiegel, und es verschlug mir den Atem, als ich der wahrhaft imperialen Gestalt ansichtig wurde, die mir dort entgegentrat. Ich wischte das Kondenswasser vom Spiegel und setzte meine Brille auf, aber der Eindruck ließ sich nicht verwischen: Das Badetuch sah aus wie eine Toga, die streng und feucht an den Schädel geklebte Lockenfülle glich der Frisur des Kaiserprofils aufs Haar, und dass meine Pantoffel in einem Purpurrot strahlten, welches in der Antike allein dem Kaiser vorbehalten blieb, war nur das i-Tüpfelchen für den majestätischen Gesamteindruck. Ich grüßte mein Spiegelbild würdevoll und schritt mit gemessenen Bewegungen ins Schlafzimmer. Dort blieb ich ahnungslos bis nachts um zwei.

Dann, wie ein Blitzstrahl Jupiters, der mir den Schädel spaltete, durchfuhr mich die Erkenntnis. Ich tastete mit zitternden Fingern nach dem Lichtschalter, kramte die Lupe hervor, riss die Schublade auf. Und tatsächlich: Keine Münze wies die typischen strahlenförmigen Kerben auf, wie sie beim Prägen auf antiken Münzstöcken zustande kamen. Auch waren das Profil des sorgsam frisierten Kaisers seltsam flau und die Münzränder abgefeilt – gängige Artefakte bei gefälschten, antiken Münzen. Auch die Patina schien mir auf einmal nicht echt zu sein.

»Stupidus – Idiot«, beschimpfte ich mich. Aber wen konnte ich um Rat fragen? Etwa den Direktor des Rheinischen Landesmuseums? Die Polizei?

Als der Morgen graute, stellte ich mich den Tatsachen: Ich war insolvent, kriminell und – was das Schlimmste war – blamiert bis auf die Knochen. Nach dieser Kränkung, welche die Grundfesten meiner Existenz erschütterte, blieb nur die *ultima ratio* – der letzte Lösungsweg.

Zuerst dachte ich an den Klassiker: Schierlingssaft mit Opium. Aber es ist schwer, an diese Drogen heranzukommen, und sie schmecken bitter, was eine heimliche Beibringung erschwert. Das wichtigste Gegenargument fand ich jedoch in einem alten Text, in dem es hieß, dass *Opium den Todesschrecken fernhält, indem es den Tod mit dem Schlaf vermählt und allen Nöten ein stilles Ende bereitet.* Ein sanftes Ende war jedoch das Letzte, was ich meinen Opfern wünschte. *Cui bono?* – Wem gereicht es zum Vorteil? Nur die bewusst ausgestandene Todesqual der Opfer konnte meine Rachegelüste befriedigen. Also der Extrakt aus der Wurzel des Eisenhutes. Randvoll mit Aconit. In der Antike ein so verbreitetes Mordgift, dass Eisenhut in Privatgärten zeitweise gesetzlich verboten war.

Diese Pläne klingen vielleicht ungewöhnlich, und nichts liegt mir ferner als eine billige Rechtfertigung. Nur so viel: Nach meiner Einschätzung befanden wir uns durchaus in einer *Win-win*-Situation – um einen Ausdruck zu benutzen, für den ich keine lateinische Übersetzung kenne. Ich erlöste diese schändlichen Existenzen aus ihren verfehlten Leben – welchen Sinn hat Archäologie, die nur um des schnöden Mammons willen betrieben wird? Niemals wird dieser Plebs ein Verständnis für die ausgeklügelten Raffinessen antiker Lebensart haben – es schmeichelte mir, ihnen in der persönlichen Entwicklung weiterzuhelfen, zumindest was die *ars moriendi* – die Kunst des Sterbens anbelangte. Mein Gewinn sollte subtilerer Art sein: der Genuss einer Rache, die nicht nur im simplen Töten der Opfer bestand, sondern in deren bewusst ausgestandener Todesangst. Sie sollten wissen, dass sie *Morituri* waren – Todgeweihte allesamt. Die Qual ihrer Ungewissheit war Teil meiner Rache.

Man musste nur Geduld haben, dem Opfer auf den Fersen bleiben. Irgendwann muss in einer Kneipe jeder mal aufs Klo und lässt gedankenlos das Bierglas stehen. Es waren nur wenige Milliliter notwendig.

Der Tod erfolgte bei vollem Bewusstsein durch Atemlähmung.

Homo homini lupus est – der Mensch ist dem Menschen ein Wolf. Zwei hatte ich schnell erledigt. Aber niemand erkannte, dass diesen Auslöschungen ein Konzept zugrunde lag. Und als ich nach Wochen den dubiosen Mittelsmann erwischte, hinterließ ich eine Signatur: zwei Goldsolidi, die ich dem Opfer tief in den Rachen stopfte. Endlich kam es zu den ersehnten Schlagzeilen. Ich hatte einige nette Abende, an denen ich mir die Angst der zukünftigen Opfer ausmalte. Ob es einer wagte, zur Polizei ging und Personenschutz beantragte? Das kam einer Selbstanzeige gleich. Die Strafen für Raubgrabungen waren nicht hoch – aber würde nicht jeder nach dem St.-Floriansprinzip verfahren und hoffen, dass es den anderen träfe? Ich aber hatte ihre Adressen.

* * *

Gestern habe ich dem letzten halbseidenen Hobbyarchäologen seine Münzen zurückerstattet. Der Medienrummel ist erheblich. Aber mein Job ist erledigt, und für mich zählt einzig dieses tiefe Gefühl innerer Befriedigung. Zur Feier des Tages kredenze ich mir ein gutes Tröpfchen in einem original römischen Trinkgefäß. In den Abendnachrichten die Direktübertragung einer Pressekonferenz aus dem Landeskriminalamt. Sie zeigen die in den Leichen gefundenen Münzen in Großaufnahme. Ein kurzes Stechen durchzuckt meine Brust. Ich sinke aufs Sofa.

Bruchstückhaft die Worte des Kriminaltechnikers: »Nach Atomabsorptionsverfahren Legierung analysiert ... steht nun fest, welcher Epoche zuzuordnen.«

Wider Willen interessiert mich das Geschwafel doch. Ich beuge mich vor, nippe am Wein.

»Es handelt sich um eine wertvolle Rarität: Fälschungen aus der Renaissance, von denen es weltweit nicht mehr als zehn geben dürfte. Der Wert ist schwierig zu schätzen, dürfte sich aber pro Münze auf neunzigtausend Euro belaufen. Selbstverständlich geben wir die Münzen an das Rheinische Landesmuseum in Trier. Es sollte sich bei der Platzierung im Schlund der Opfer wohl um eine Botschaft handeln. Allerdings ist es unverständlich, warum der Täter solche Werte einfach fortwirft.«

Das Gefäß entgleitet meinen Händen, und der Wein versickert im samtigen Purpurrot meiner Pantoffeln. Ob diese plötzliche Schwäche es mir erlauben wird, noch einmal aufzustehen? In der Jackentasche steckt das Fläschchen, das ich wochenlang immer bei mir getragen habe. Ein Rest der wasserklaren Flüssigkeit ist noch darin.

Nunc est bibendum. – Nun muss getrunken werden!

Am Haken

von Guido M. Breuer

Die Nacht war sehr dunkel gewesen. Theo hatte nicht schlafen können, wie fast immer bei Neumond. Dichte Nebelschwaden lagen wie feuchte Watte im Rurtal. Das erste Licht des kühlen Herbstmorgens gab sich noch keine Mühe, den Nebel zu durchdringen. Der Fluss plätscherte schwarz dahin. Das Wasser gluckste leise, während es Theos hohe Anglerstiefel umfloss. Kalt war die Rur immer bei Blens, doch an einem solchen Morgen spürte man es besonders, dass das Wasser von Monschau bis hierhin immer im Schatten der vielen Bäume rasch lief und keine Wärme aufnahm.

Theo nahm einen großen Regenwurm aus seiner Tasche. Er führte ihn zum Haken und spießte den fetten Wurm auf. Theo wusste, der alte Räuber würde diesen Wurm lieben, der sich ringelnde Köder würde den Fisch magisch anziehen, gierig wie er war. Doch er würde auch vorsichtig sein, verschlagen und abwartend. Theo hatte die Stelle mit Bedacht gewählt. Hier machte die Rur eine große Biegung, floss ruhiger, langsamer als sonst und bildete in Ufernähe fast stehendes Gewässer.

Hier lebte der alte Hecht. Niemand wusste das. Keiner der Angler, die viel Geld ausgaben, um an einem Stück Fluss legitim ihrer faden Beschäftigung nachgehen zu dürfen. Nichts als Forellen fingen sie. Fließendes Gewässer, Forellen und nichts als Forellen. Dummköpfe allesamt. Auch der Förster Mattes, der sich als Oberaufseher aufspielte und der Theo schon mehrmals erwischt hatte. Strafe hatte er schon zahlen müssen. Der meinte wirklich, Theo würde hier schwarz angeln, nur um ein paar Forellen für lau zu bekommen. Der Förster hatte dafür in der Blenser Bauernstube am Freitagabend auch schon mit einem ausgeschlagenen Schneidezahn büßen müssen.

Theo grinste. Keiner wusste, dass es hier einen kapitalen Hecht gab. Er warf die Angel aus, mitten in die Strömung. Der Köder trieb abwärts. Dort, in der Mitte des Flusses, stand der alte Hecht bestimmt nicht. Doch nun zog Theo den Köder in Richtung des stehenden Uferwassers, dort wo ein in die Rur gestürzter Baum die Strömung blockierte. Wenn der Köder in das ruhige Wasser trieb, war dies der Punkt, an dem der gierige Räuber aufmerksam werden musste. Nur die ringelnde Bewegung des Wurms und Theos Geduld sollten den Hecht bezwingen, kein Blinker, keine Technik. Ein fairer Zweikampf im Morgengrauen.

Der kalte Nebel wollte sich nicht lichten. Es wurde etwas heller. Theo konnte schemenhaft hinter den Bäumen, hoch über dem Ufer, die Mauern des Guts Lüppenau erkennen. Der Köder dümpelte. Theo zog den Haken ein und warf ihn erneut aus. Wieder in das fließende Wasser, wieder treiben lassen, abwarten. Theo genoss die Ruhe am morgendlichen Fluss. Aus dem Augenwinkel beobachtete er gespannt, was sich am Haken tat, ansonsten hatte er genug Muße, die Natur zu genießen. Etwas flussabwärts, dort wo eine Reihe kleinerer Bäume stand, hatten Biber eine Burg gebaut. Hin und wieder glitt dort eines der dicken Kerlchen mit einem leisen Platschen ins Wasser, tauchte ab, streckte etwas später seinen Kopf wieder in den Nebel, um sofort wieder zu verschwinden. Ruhig und dunkel floss die Rur dahin. Auf einem Stein am Ufer saß eine Wasseramsel. Sie knickste mit den Beinen auf und ab, fast so, als müsste sie ihre Knie an dem frischen Morgen warm halten. Theo beobachtete belustigt den kleinen

Vogel, dessen weiße Brust im Dämmerlicht nur ganz matt über dem schwarzen Fluss schimmerte. Wieder dümpelte der Schwimmer im stehenden Gewässer. Noch kein Biss. Der alte Räuber schien abzuwarten. Vielleicht war es ihm noch zu dunkel. Wieder einholen, wieder auswerfen. Abwarten. Der Eisvogel, den Theo schon länger nicht mehr gesehen hatte, surrte über das Wasser. Er landete auf einem Ast, der über das Ufer hinaushing. Noch ein Fischer ohne Lizenz, dachte Theo. Das bunte Gefieder des schönen Vogels war kaum zu erahnen. Der Nebel machte alles grau.

Theo seufzte leise. Er war müde. Kaum geschlafen in der Neumondnacht. Oder vielleicht war es auch mehr der Kummer gewesen, der ihm den Schlaf geraubt hatte. Karola war schon seit Monaten recht garstig zu ihm. Kaum eine Gelegenheit ließ sie aus, um zu sagen, wie dumm er sei. Der Theo kapiert mal wieder nicht, der Theo hat schon wieder nicht geschaltet, immer wieder. Theo grinste bitter. Seine alte Mutter hatte es ihm ganz klar gesagt: Wenn die Frauen so herumnörgeln, gehen sie fremd, oder sie wollen es zumindest. Und seine Karola war so seltsam in letzter Zeit, abweisend und noch harscher als früher. Und gestern Abend, als er sich mit ihr aussprechen wollte, tat sie ganz komisch und wollte kein Wort mit ihm reden. Da hatte er sich im Bett umgedreht und wollte nur schnell einschlafen. Und das klappte nicht. Die ganze Nacht nicht. Und jetzt stand er hier im Wasser, und die kalte Rur tat ihm gut. Heute morgen war es vielleicht soweit. Jetzt konnte er allen zeigen, was in ihm steckte. Er würde den alten Räuber fangen. Nun ja, zeigen konnte er es natürlich niemandem. Aber der stille Triumph würde ihm reichen. Er war gar nicht so ein Darsteller wie die anderen Kerle im Dorf. Mehr Schein als Sein, hatte sein Vater immer gesagt. Theo warf die Angel erneut aus. Der Schwimmer trieb ab, er zog die Angelschnur in Richtung Ufer. Der Eisvogel schwirrte im Tiefflug über die Wasseroberfläche, direkt über den Köder hinweg. In diesem Moment spürte Theo einen Widerstand an der Angel. Instinktiv riss er die Schnur hart an. Der Haken saß, das spürte er sofort. Und etwas Schweres, Starkes zog mit großer Kraft am anderen Ende der Angelschnur.

Theos Herz schlug schneller. Er drillte ein Stück, schwer ging das, sehr schwer, dann ließ er kurz nach, drillte wieder. Etwas ragte kurz aus dem Wasser, verschwand wieder. Theo nahm alle Kraft zusammen und zog wieder ein Stück Schnur an. Er stöhnte vor Anstrengung. Innerlich frohlockte er. So stark zogen keine Forelle und kein Aal. Der alte Räuber war am Haken, da war er sich sicher. Theo zog aus Leibeskräften, verkürzte die Distanz zwischen sich und seiner Beute Stück für Stück. Schemenhaft war etwas im Wasser zu erkennen. Jetzt sah er den Fisch. Immens groß, mindestens einsfuffzich, vielleicht länger, oh Gott, ganz bestimmt länger! Theo drillte sich noch näher heran, der Fang war groß wie ein Mann, es war – ein Mann.

Theo stand wie versteinert da und blickte in das bleiche Gesicht des Försters Mattes. Dessen weit aufgerissene Augen glotzten ihn aus dem Wasser an, als wolle er seine Rolle als Fisch geduldig weiterspielen. Und Geduld hatte der Mattes jetzt sicherlich viel, denn er war tot.

Der Haken steckte in seiner weißen Kehle, und durch das Drillen hatte sich die Schnur noch mehrmals um seinen Hals gewickelt. Doch daran war der Mattes sicherlich nicht gestorben. Schon eher an dem Messer, dessen Heft aus seiner Brust ragte. Theo unterdrückte ein aufkommendes Gefühl von Schwäche und Übelkeit. Er packte die Leiche und zog sie ans Ufer. Dann stand er keuchend über dem toten Körper. Das Messer zog seinen Blick magisch an. Er ging näher heran.

Ungläubig starrte er auf den Holzgriff, auf dem seine – Theos – Initialen eingeritzt waren. Kein Zweifel, es war sein eigenes Fischmesser, das in des Försters Brust steckte.

Scheißendreck, dachte er. Schweiß drang ihm plötzlich aus allen Poren, kälter als der Nebel, kälter selbst als das eisige Rurwasser. Seine Gedanken überschlugen sich. Klar, er hatte das Messer heute früh nicht gefunden, hatte ein anderes einstecken müssen. Nun war klar, dass er es nicht verlegt hatte. Wäre auch nicht seine Art gewesen, alle Angelsachen lagen immer gut sortiert im Keller beieinander. Das wusste aber auch jeder, der ihn kannte. Jemand hatte also das Messer genommen und den Förster damit abgestochen. Jemand, der ihm das Ganze in die Schuhe schieben wollte. War ja wohl auch zu einfach. Mit ihm konnte man das ja machen.

Theo schnaubte wütend. Gut, das er den Mattes jetzt am Haken hatte. Mit zittrigen Fingern berührte er sein Messer. Er sah sich um. Niemand zu sehen. Warum auch um diese Zeit? Das Zittern seiner Hand wurde stärker. Dann gab er sich einen Ruck, packte das Heft mit aller Kraft und zog das Messer aus des Försters Brust. Mit einem leisen Schmatzen gab das tote, kalte Fleisch die scharfe Klinge frei. Theo schauderte. Er fror plötzlich. Ungläubig starrte er auf die schmale Schneide. Es war kaum Blut daran. Theo hielt das Messer einer plötzlichen Eingebung folgend ins Wasser und wedelte heftig darin herum. Dann betrachtete er die saubere Klinge zufrieden, wischte sie mit dem Fischtuch nochmals ab und legte das Messer in seine Tasche.

Er blickte nachdenklich auf den Toten. Was mach ich nur mit dir, du Blödmann, dachte er. Und als wenn der Mattes geantwortet hätte, fasste Theo den Entschluss, den Förster wieder ins Wasser zurückzugeben. Er beherrschte sein Grauen, packte die Leiche und zog sie in den Fluss. Das Zittern seiner Hände wurde wieder stärker. Sein Blick fiel auf den Haken, der immer noch im Hals des Toten steckte. Auch der Regenwurm war noch dran. Er versuchte ihn zu packen und zu entfernen. Doch das Zittern seiner Finger war einfach zu stark. Die Schnur, die sich um den Hals gewickelt hatte, führte immer noch zu seiner Angel, die jetzt am Ufer lag. Theo merkte, wie durcheinander er war. Er nahm sein Ersatzmesser aus der Hosentasche und durchschnitt die Angelschnur. Dann ging er mit seiner leblosen Fracht weiter in die Rur hinein. Als sein Blick auf die Biberburg fiel, hielt er es für einen rettenden Einfall, den Förster dort zu deponieren. Er watete bis an die Tierbehausung und drückte die Leiche dort unter Wasser. Den Rest der Angelschnur verknotete er an einem Ast. So, hier kannste überwintern, dachte Theo und machte sich schleunigst auf den Rückweg zum Ufer.

Als er seine Sachen eingepackt hatte, warf er nochmals einen Blick über den Fluss hin zur Biberburg. Mittlerweile war es hell geworden. Das Wasser gluckste friedlich in Richtung Abenden davon. Kein Biber ließ sich sehen. Auch die Wasseramsel und der Eisvogel hatten das Feld geräumt. Theo entledigte sich seiner Anglerstiefel, packte alles in seine große Tasche und setzte sich aufs Rad. Es waren nur wenige Minuten bis nach Blens. Zuhause angekommen, trank er einen Schnaps, dann noch einen und schlich sich ins Bett. Karola schlief tief und fest, hatte offenbar weder seinen Aufbruch noch die Rückkehr bemerkt. Theo drehte sich auf die Seite, schloss die Augen und zwang sich, sie nicht wieder zu öffnen. Noch eine lange Zeit sah er das bleiche Gesicht des toten Försters vor seinem geistigen Auge, dann jedoch tat irgendwann der Schnaps seine Wirkung. Theo schlief ein.

* * *

Die nächsten Tage vergingen, als sei nichts geschehen. Zwar vermisste man den Mattes, jedoch schien dies kein großes Thema im Dorf zu sein. Theo hatte schon begonnen, die Geschichte langsam zu verdrängen, als ihn ungewohnte Geräusche beim Frühstück störten. Es klingelte, Karola ging hinaus und sprach vor dem Haus mit jemandem, dessen Stimme er nicht zuordnen konnte. Er trank seinen Kaffee aus und trat an die Tür. Ein Polizeiwagen stand auf der Straße. Karola unterhielt sich mit einem uniformierten Polizisten und einem weiteren Mann, der in Zivilkleidung dastand. Theo war aber sicher, dass es sich bei diesem Mann ebenfalls um einen Polizisten handelte.

»Was gibt's?«, fragte Theo.

Karola drehte sich halb zu ihm hin und antwortete: »Der Kommissar sagt, man hat den Mattes gefunden. Er wurde ermordet.«

»Dat is ja ein Ding«, meinte Theo.

Der Kommissar sah ihn kühl an und sagte: »Das scheint Sie weder zu überraschen noch zu bedrücken.«

Theo zuckte zusammen. »Doch, schon. Bedrücken eigentlich nee, also, naja, wir konnten uns nich leiden, dat weiß jeder. Aber ermorden tut man doch hier keinen.«

Der Polizist grinste. »Eins in die Fresse aber schon mal?«

Karola mischte sich ein. »Ach, das wissen Sie schon?«

»Wir wissen noch viel mehr, gute Frau«, versetzte der Kommissar. »Aber darüber sollten wir vielleicht nicht hier auf der Straße sprechen.«

»Wir haben hier keine Geheimnisse voreinander!« Theos Bruder Hans trat dazu. Er hatte sein Haus verlassen und interessierte sich offensichtlich sehr für den Besuch.

»Wer sind Sie denn?«, fragte der Kommissar.

»Das ist mein Schwager«, antwortete Karola.

»So, dann bleibt es ja in der Familie«, grinste der Polizist. »Es ist so: Wir haben gestern eine Leiche aus dem Fluss geborgen. Es handelt sich um den Förster Matthias Röder. Nachforschungen in seinem persönlichen Umfeld haben ergeben, dass Sie, Frau Karola Weihe, ein Verhältnis mit dem Toten gehabt haben. Wusste Ihr Mann davon?«

Theo traf es wie ein Tritt eines Ochsen. »Nee«, entfuhr es ihm spontan. Er sah Karola an, die ausdruckslos zurückglotzte.

»So so«, antwortete der Polizist. »Aber wir haben das sehr schnell herausgefunden. Ist kein Geheimnis hier im Ort, dass Ihre Frau Sie betrügt – bitte entschuldigen Sie, Frau Weihe. Und wir mussten nur zwei und zwei zusammenzählen, um auf den Förster zu stoßen. Und zudem wissen auch alle, dass der Förster und Sie, Herr Theo Weihe, einen Zwist wegen ständiger Schwarzfischerei hatten. Es ging aber offenbar nicht nur um ein paar Fische. Eifersucht ist ein sehr starkes Mordmotiv, wie Sie wissen.«

»Aber das ist doch kein Grund, den Mattes umzubringen!«, rief Theo aus.

Ungerührt entgegnete der Kommissar: »Ich habe hier einen Durchsuchungsbeschluss für Ihr Haus, Herr Weihe. Wir interessieren uns besonders für Ihre Angelausrüstung, wie Sie sich denken können.«

Theo überlegte fieberhaft. Die verdammten Biber hatten den Mattes offenbar aus ihrer Behausung geworfen. Noch nicht einmal die konnten den Blödmann leiden. Die Angelschnur, der Haken, alles deutete natürlich auf ihn. Das die Karola mit dem Mattes – daran hätte er nie gedacht. Scheißendreck, dachte Theo.

Karola schüttelte den Kopf. »Ach, wissen Sie, Herr Kommissar, ich hab ja immer gewusst, dass das nicht gut geht. Irgendwann musste der Theo ja drauf kommen. Und der

Hellste ist er ja nun mal nicht. Es tut mir so leid. Ich habe schuld, dass er den Mattes erstochen hat – mit seinem Fischmesser.« Sie sah den Polizisten mit großen Augen traurig an.

»Nein!«, rief Theo. »Ich hab den Mattes nicht erstochen!«

Der Kommissar grinste wölfisch. »Habe ich etwa schon erzählt, wie der Mord verübt wurde? Ich denke nicht.«

Karola antwortete mit betrübter Miene: »Theo hat es mir gestanden. Ich konnte ihn nicht anzeigen, es tut mir so leid.«

»Oh Scheißendreck!«, sagte Theo flehend. »Glauben Sie mir, ich war's nich. Echt nich!«

»Das können Sie dem Untersuchungsrichter gerne genauso noch mal sagen«, antwortete der Kommissar. »Theo Weihe, ich verhafte Sie wegen des dringenden Verdachtes auf Mord an dem Förster Matthias Röder.« Und zu seinem Kollegen gewandt fügte er hinzu: »Abführen, ins Auto mit ihm!«

Theo fühlte sich unsanft gepackt und zum Polizeiwagen hingezerrt. Hilfesuchend sah er sich um. Er sah Karola an. Jetzt erst begriff er, was sie eben gesagt hatte. Woher wusste sie ...? Theo wurde schlecht. Er drehte sich vom Polizeiauto weg und machte einen Schritt auf Karola zu, bevor er unsanft von dem eisernen Griff des Uniformierten gestoppt wurde.

»Karola?«, murmelte er.

Sie glotzte nur frech zurück. Wie hatte sie den Mattes umbringen können? Und warum, wenn sie ein Verhältnis mit ihm hatte? Und wie hatte sie den schweren Mann in den Fluss schaffen können? Theo war übel. Die Knie wurden ihm weich. Er sackte in sich zusammen und konnte soeben noch von dem Polizisten aufgefangen werden. Mit glasigen Augen sah Theo auf Karola.

Sein Bruder Hans hatte seinen Arm um ihre Schulter gelegt. Er rief ihm zu: »Theo, ich werde mich gut um Karola kümmern, keine Angst!«

Der Kommissar trat zu Theo und klopfte ihm auf die Schulter. »Glauben Sie's oder lassen Sie's sein: Ich weiß nur zu gut, wozu Menschen imstande sind, wenn es darum geht, Nebenbuhler auszuschalten. Tut mir leid, mein Junge. Und jetzt ab.«

Theo warf noch einen letzten Blick auf Ehefrau und Bruder, bevor man seinen Kopf in die Türöffnung des Wagens drückte. Und durch einen Schleier von Verzweiflung und hervorquellenen Tränen glaubte er zu sehen, wie Karola, als die Polizisten ihr den Rücken zudrehten, ihm zum Abschied ein hämisches Grinsen schenkte. Und bevor sich die Tür des Wagens schloss, rief sie ihm noch zu: »Ich hab's dir immer gesagt, Theo: Der Hellste warst du nie!«

Als sich der Wagen in Bewegung setzte, glaubte Theo ihr zum ersten Mal.

Siebenundvierzig

von Alexander Kuffner

Am Tag hatte er sich oft selber ertappt. Immer wieder dann, wenn der saure Geruch von abgestandenem Bier und kaltem Zigarettenrauch ihn einnebelte, während er den Dreck auf den mit zahllosen Brandlöchern gemusterten Holzplanken zu seinen Füßen zusammenkehrte, maß er irgendwann verstohlen den Raum ab. Eigentlich wollte er es nie. Aber dann ging er doch wieder mit zählenden Schritten durch das milchig hereinscheinende Tageslicht von seiner Stammecke aus los. Hinüber an das andere Ende des Saals. Dorthin, wo sonst immer einer der Lautsprechertürme stand. Und sie. Dorthin, wo sie schon so oft ihre Haare zu den stampfenden Beats zurückgeworfen hatte. Wo ihr erhitztes Gesicht seines nie fand. Es waren nur siebenundvierzig Schritte, zirka. Bei Tag betrachtet ein Witz. Aber wenn hunderte dampfende Körper den Raum füllten, wenn das Gelächter, die Gespräche und die besten Hits aus den Achtzigern, Neunzigern und von heute an den Ohren zerrten, dann war es ein Marsch. Bestimmt so weit wie der Jakobsweg. Von dem hatte er einmal in einer weggeworfenen Zeitung an der Bushaltestelle gelesen. Oh ja, lesen konnte er. Rechnen auch. Und er konnte arbeiten. Aber das interessierte niemanden. Außer seinem alten Herrn. Wen sollte es auch sonst interessieren? Seine Mutter war schon länger tot. Krebs. Geschwister hatte er nicht. Und die Saufkumpane, die er an einer Hand abzählen konnte, mochte er nicht als Freunde zählen.

Irgendwann würde er einmal den Hof übernehmen, wenn es dann noch etwas zu übernehmen gab. Denn der Alte verdiente bereits jetzt fast mehr mit der Vermietung des Saals als durch das Vieh. Gut dreihundert Leute passten da rein. Er war dem Hof angeschlossen und früher die einzige Dorfkneipe mit Tanzsaal gewesen. Bis alle aus dem Dorf abgehauen, weggestorben oder einfach nicht mehr gekommen waren.

Nur mit Mühe hatte seine Mutter den Alten damals überreden können, ihn wenigstens die Hauptschule abschließen zu lassen. Dass er dieses Ziel, trotz zweier Ehrenrunden, vor fünf Jahren doch nicht erreicht hatte, war der vielen Arbeit zu verdanken gewesen. Seitdem war er aus Pingscheidt nicht mehr weggekommen. Seitdem hatte er sich damit abgefunden, für immer hier in der Eifel festzuhängen. Seine persönliche Welt, die er täglich hinter Brillengläsern dick wie Flaschenböden an sich vorbeiziehen sah, bestand aus nicht viel mehr als seinem saufenden Vater, Kühen, Melkmaschinen und schmutziger Wäsche.

Aber seit knapp einem Jahr, seit »DJ Mic« ihren alten Saal alle vierzehn Tage in eine richtige Diskothek verwandelte, seitdem hatte er einen weiteren Lebensinhalt. Während einer der zahlreichen *Ein Euro-*, *Mallorca-* und *Ü30-Partys* hatte er sie irgendwann entdeckt. Von seiner Stammecke aus, hinten links, an der Theke. Hin und wieder musste er der Bedienung einige Kästen anreichen. Ansonsten gehörten diese Abende immer ihm. Ihm, ihr und seinen Phantasien. Seit er sich einmal nach acht Bier getraut hatte, Huppertz' Josef zu fragen, kannte er sogar ihren Namen. Susanne Lorscheid. Arzthelferin aus der Kreisstadt. Noch zu haben.

Er erschrak. In die Vergangenheit versunken, war er auf die Scherben eines kaputten Glases getreten. Das Knacken riss ihn aus seinen Gedanken. Es war heiß und muffig. Der Schweiß floss ihm in den Nacken. Monoton durch seine Hand geführt, wirbelte der Besen den Dreck der vergangenen Nacht auf. Wer konnte schon wissen, wann die zusammengefegten Kronkorken vor seinen Füßen gestern Abend von den Flaschen gerissen worden waren? Vorher oder nachher? Stammten sie noch aus der guten alten Zeit, als alles in Ordnung war? Oder waren sie erst nach ein Uhr auf die uralten Holzdielen gefallen, als alles schon seinen Lauf genommen hatte?

Dieser schöngeföhnte Idiot! Er hatte ihn schon den ganzen Abend dabei beobachtet, wie er Susanne angetanzt, ihr Getränke ausgegeben hatte. Sie hatte sich noch nie so lange mit jemandem unterhalten, noch nie! Huppertz' Josef war keine Hilfe gewesen. »Irgendson Computerfritze ausser Stadt« hatte er gelallt, und: »Gib ma noch eins aufs Haus!« Er gab – und nahm selbst reichlich. Bei *Summer of 69* war es schließlich passiert. Susanne hatte die Hand des Typen genommen und mit ihm den Saal verlassen. Sie ging nie so früh, gehörte sonst immer zu den Letzten. Erst hatte er abgewartet, drei Lieder oder vier. Die Zeit hatte für zwei weitere Jägermeister gereicht. Und dafür, dass er seinen letzten Mut zusammennehmen konnte. Es war auch gestern Nacht schon stickig gewesen. Er war recht planlos um Saal und Hof herum durch das Dunkel gestreunt, mit wenig Hoffnung, etwas in Erfahrung bringen zu können. Aber er hatte Gewissheit haben wollen. Dieses unbekannte, beißende, brennende Gefühl im Magen hatte ihn nach draußen getrieben, und er hatte mit eigenen Augen sehen wollen, was er sich nicht auszumalen gewagt hatte. Nachdem er eine vorbeilaufende Hofkatze getreten hatte, war er sich plötzlich sicher gewesen, etwas aus Richtung des Heuschobers gehört zu haben. Durch die Bässe und das Gelächter aus dem Saal hindurch. Die schwere Eisenkette am Tor des Schobers hatte geklirrt. Die Reparatur des verrosteten Vorhängeschlosses hatte er eigentlich heute erledigen wollen.

Der Besen war krachend auf den Holzfußboden gefallen. Er selbst war mitten im zusammengefegten Dreck zusammengebrochen und hatte begonnen zu weinen wie ein Kind. Seine Brust schmerzte, die Augen brannten. Er musste an seine Mama denken. Und an Susanne.

Sie und dieser Typ hatten ihn lange Zeit nicht bemerkt gestern Nacht. Er war sich schäbig vorgekommen, aber seine Eifersucht war so viel stärker. Nur zwei, drei gut gezielte Fausthiebe hatten ausgereicht, um den überrumpelten Schönling von ihrem nackten Körper zu trennen. Alle Schläge, die daraufhin folgten, waren nicht mehr dazu da gewesen, ihn von ihr zu lösen. Sie waren Ausdruck seiner ohnmächtigen Wut – und all seiner Liebe zu ihr. Doch was dann kam, hatte ihn vollends um den Verstand gebracht. Vielleicht war es das Bier. Vielleicht auch, weil er einfach keine Erfahrung in solchen Dingen hatte. Sie schlug auf ihn ein. Sie schrie. Er solle aufhören. Warum er das tue. Ihre nackten Brüste pressten sich an seinen Rücken, als er auf dem Typ saß und ihm die Zähne einschlug. Ihre Fingernägel gruben sich in seine Schultern. Warum war sie nicht dankbar, dass er sie vor einem Fehler bewahrt hatte? Warum sah sie nicht, dass er das hier für sie tat? Sie war so neu. Kein Lächeln, keine herumgeworfenen Haare, nur Wut. Und sie war so laut! Die Mistgabel hatte nicht weit entfernt im Heu gesteckt. In diesem Moment hatte er keine andere Wahl. Alles wurde rot und anders.

Und jetzt hockte er hier auf dem Boden. Nahe bei der Stelle, an der eben noch einer der Lautsprechertürme gestanden hatte. Es konnte nicht mehr lange dauern. Am frühen Morgen hatte er noch ein wenig Heu nachgelegt, aber irgendwann würde es soweit sein. Er war ja nicht dumm. Viel zu heiß draußen. Siebenundvierzig – er würde Zeit seines Lebens in irgendeinem Gefängnishof immer wieder siebenundvierzig Schritte im Kreis gehen. Seine ganz eigene Art der Buße. Vorher würde er vielleicht noch ein, zweimal mit ihr schlafen. Zum Abschied.

Glückliche Zeiten

von Erika Kroell

Die Luft in der Fabrikhalle war dumpf und stickig. Nicht nur Joey litt darunter, auch die Kollegen, die stumm ihre Arbeit taten und sich zu keiner Unterhaltung aufraffen konnten. Joeys Rücken schmerzte, als er sich hinunterbeugte und mit beiden Händen Papprollen vom Fließband griff, in einen offenen Karton neben sich stopfte und während des gesamten Vorgangs versuchte, nicht zu atmen, um die grässliche Knoblauchwolke der älteren Frau direkt gegenüber nicht zu inhalieren. Er richtete sich auf, holte tief Luft und streckte den Rücken. Gewöhnlich schaffte er es, zwei Packvorgänge lang den Atem anzuhalten, aber der Sauerstoffmangel und die Rückenschmerzen setzten ihm heute heftig zu, und er bekam ohnehin kaum Luft.

Er würde nicht mehr viel Zeit an diesem Band verbringen müssen, das stand so gut wie fest. Heute Abend würde er sich die Villa vorknöpfen, und mit ein bisschen Glück würde er genug Wertsachen rausschaffen, um sich eine Zeitlang über Wasser zu halten. Vielleicht sogar Bargeld, dachte er, und unwillkürlich schlich sich ein Grinsen auf sein Gesicht.

»Was gibt's zu lachen, Bubi?« Die Alte gegenüber richtete sich zu ihrer vollen Größe von knapp einsfünfzig in jede Richtung auf und guckte ihn mit zusammengekniffenen Augen an. »Soll ich die ganze Arbeit allein machen?«

Joey fluchte leise, atmete tief ein, hielt die Luft an und bückte sich. Bald werde ich dich nicht mehr ertragen müssen, du stinkendes Luder, dachte er.

Schon seit einigen Wochen, seit er den Scheißjob in der Hülsen-Fabrik in Heimersheim bekommen hatte, beobachtete er die Villa auf seinem Weg zur Arbeit und auf dem Heimweg. Unauffällig natürlich. Er war schließlich Profi. Na ja, zumindest fast. Zwei, drei Mal hatte er bei Einbrüchen Schmiere gestanden, und sein Anteil war dementsprechend gering ausgefallen. Diesen Coup würde er allein durchziehen, und die ganze Beute wäre sein.

Das Haus lag am Johannisberg, ein wenig abseits von der Straße in einem parkähnlichen Garten, mindestens dreißig Meter von den Nachbarn zu beiden Seiten entfernt. Joey schätzte es auf über hundert Jahre, aber es war gut in Schuss. Irgendjemand schien eine Menge Geld in den guten Zustand investiert zu haben.

Der wird demnächst in meinen guten Zustand investieren, dachte Joey und spürte so etwas wie Vorfreude in sich aufsteigen. So gut hatte er sich lange nicht gefühlt, Rückenschmerzen hin oder her. Wenn er richtig Glück hatte, und davon war er fest überzeugt, würde er sein Loser-Leben gründlich ändern. Ein neuer Anzug, in dem er gut genug aussah, um einen anständigen Job zu bekommen, ein Auto, vielleicht sogar eine Freundin, irgendwas schnuckeliges Dunkelhaariges mit üppigen Formen.

Plötzlich spürte er den missbilligenden Blick seiner Knoblauch-Kollegin, schüttelte den schönen Tagtraum ab und arbeitete weiter.

Das Haus sah jeden Tag gleich aus, völlig unverändert. Die Rollläden an der Vorderfront waren bis auf eine Handbreit heruntergelassen. Selbst an düsteren Tagen hatte Joey keinen Lichtschein bemerkt. Am vergangenen Wochenende war er frühmorgens, als alle Nachbarn noch schliefen, über die niedrige Mauer gesprungen, hatte sich zwischen den Büschen versteckt und das Haus beobachtet, bis es Nacht wurde. Keine Bewegung, kein Geräusch, kein Licht. Niemand, der klingelte oder klopfte. Sonntag dasselbe.

Sein ungemütlicher Beobachtungsposten war zumindest teilweise für seine Rückenschmerzen verantwortlich, aber Joey war jetzt sicher, dass das Haus zur Zeit leer stand. Möglich, dass die reichen Säcke, denen es gehörte, im Urlaub waren oder die Hütte nur als gelegentliches Domizil nutzten. Heute Abend würde er einsteigen, die Bude ausräumen und der Scheißfabrik für immer den Rücken kehren. Allerdings erst nach ein paar Tagen, damit kein Verdacht auf ihn fiel. Niemand wusste von seinem Plan, und so konnte auch niemand etwas ausplaudern. Der Bruch würde ganz glatt über die Bühne gehen.

Joey sah glücklichen Zeiten entgegen.

Im Fernseher lief Agatha Christies *Mord mit doppeltem Boden*. Carmen ließ sich in die Federkissen zurücksinken, die sie reichlich auf ihrem breiten Bett verteilt hatte, nippte hin und wieder an einem Glas Wein und knabberte Kekse. Eigentlich gelüstete es sie mehr nach Schokolade, aber die hatte sie bereits aufgegessen. Sie würde Elisabeth anweisen, beim nächsten Einkauf die doppelte Menge mitzubringen. Zum Glück kann das süße Zeug meiner Figur nichts anhaben, dachte sie und griff nach einem weiteren Keks.

Seit Peter gestorben war, hatte sie das Haus nicht mehr verlassen. Zuerst war sie vor Trauer wie gelähmt gewesen, hatte stundenlang geweint und völlig erschöpft mehrere Tage im Bett verbracht. Dann, nach einem halben Jahr etwa, hatte sie sich an dies Leben voller Lethargie und Schlaf, nur unterbrochen von Essen und Fernsehen, so sehr gewöhnt, dass sie es nicht mehr missen wollte. Arbeiten musste sie zum Glück nicht. Der gute Peter hatte ihr reichlich Geld hinterlassen und dieses wundervolle Haus, das alles beherbergte, was sie sich wünschte. Fast alles. Wehmütig lächelte sie Peters Foto an, das direkt neben ihr auf dem Nachttisch stand. Er fehlte ihr sehr, aber wenn sie es recht bedachte, hatten sie zu seinen Lebzeiten auch nicht viel mehr gemacht als jetzt, nur mit dem Unterschied, dass sie es nun allein tat und Peter nur aus dem Bilderrahmen zusah.

Carmen prostete seinem Konterfei zu. »Ich vermisse dich, mein Schatz.«

Der Krimi, die Flasche Wein und die Kekse gingen gleichzeitig zu Ende, und Carmen schloss zufrieden die Augen.

Joey wartete bis gegen Mitternacht, hockte in den Büschen vor dem dunklen Haus und beobachtete aufmerksam die Reihen der Fenster. Nirgendwo eine Bewegung oder ein Licht. Ein letztes Mal blickte er sich in alle Richtungen um. Kein Mensch auf der Straße. Gebückt schlich er um das Haus herum. Mit Sicherheit gab es eine Hintertür zum Garten, und die würde er, ohne die Gefahr beobachtet zu werden, aufbrechen können.

Hinter dem Haus erstreckte sich der Park weit bis in die Dunkelheit hinein. Joey konnte weder einen Zaun noch eine Hecke ausmachen, so groß war das Gelände. Die sind mit Sicherheit stinkreich, dachte er und rieb sich in der Vorfreude auf seinen baldigen Reichtum bereits die Hände.

Die Hintertür war aus soliden Holzbohlen gefertigt, hatte aber nur ein einfaches Schloss. Mit Schraubenzieher und Drahtbügel fuhrwerkte Joey eine Viertelstunde darin herum. Mist, er hätte sich das mal von jemandem zeigen lassen sollen, der etwas davon verstand. Eine Sekunde erwog er, seinen Kumpel Jupp anzurufen, mit dem er die anderen Brüche durchgezogen hatte. Aber das hieße teilen, und danach stand ihm ganz und gar nicht der Sinn.

Entnervt gab er auf und begutachtete die Fenster zu beiden Seiten der Tür. Fest verschlossen. Er würde eine Scheibe einschlagen müssen. Zweifelnd sah er sich um, kam aber zu dem Ergebnis, dass die Nachbarhäuser zu weit entfernt waren und das kurze Scheppern sicher ungehört bliebe.

Er wickelte seine Jacke fest um seine Hand und schlug zu. Das Klirren des einfachen Glases gellte ihm in den Ohren wie eine Polizeisirene. Mit angehaltenem Atem blieb er reglos stehen und wartete. Aber alles blieb ruhig. Kein Hund bellte, kein Licht flammte auf.

Vorsichtig griff er durch die gezackten Glasreste und entriegelte das Fenster. Es war groß genug, dass er bequem hindurchsteigen konnte. Mit einem sanften Sprung landete er auf den Küchenfliesen und verharrte wieder einige Sekunden ruhig, bevor er sich aufrichtete und umblickte. Das Licht der Straßenlaternen reichte nicht bis in die Küche. Er schaltete seine Taschenlampe ein und ließ den Lichtkegel über Schranktüren, Kühlschrank und Arbeitsplatte wandern. Alles sauber. Kein Hinweis darauf, dass kürzlich jemand hier etwas gegessen hatte. Außerdem roch es so muffig, als ob monatelang nicht gelüftet worden sei.

Joey atmete auf. Gut. Das Haus war tatsächlich leer. Jetzt konnte er in aller Ruhe nach Wertsachen suchen.

Ohne sonderlich auf das Geräusch seiner Schritte zu achten, tastete er sich im Halbdunkel in den Flur und öffnete die erste Tür auf der linken Seite, hinter der er zu Recht das Wohnzimmer vermutete.

Mit einem Ruck schreckte Carmen aus dem Schlaf auf. Im ersten Augenblick drehte sie orientierungslos den Kopf hin und her. Dann wusste sie plötzlich, was sie geweckt hatte. Irgendwo hatte Glas geklirrt.

Rasch wog sie die verschiedenen Möglichkeiten ab, die das Geräusch hätten verursacht haben können. Der Fernseher schied aus, denn der Bildschirm war dunkel. Ein vom Sturm abgebrochener Ast konnte es bei dieser Windstille ebenfalls nicht sein. Endlich kam sie an der einzig richtigen Lösung nicht mehr vorbei: Es war ein Einbrecher im Haus. Carmen schwang die Beine aus dem Bett, richtete sich auf und tastete im Dunkeln zur Schlafzimmertür. Währenddessen arbeitete ihr Gehirn auf Hochtouren, um zu entscheiden, was sie nun tun sollte.

Joeys Gesicht strahlte so hell, dass er beinahe auf die Taschenlampe hätte verzichten können. Geld, jede Menge Geld in den Schreibtischschubladen. Er nahm sich nicht die Zeit, es zu zählen, aber seinem Gefühl nach hatte er schon mehrere tausend Euro in seinen verschlissenen Rucksack gestopft. Für ein bisschen davon, beschloss er kühn, würde er sich einen Wagen mieten und morgen Abend noch einmal wiederkommen, um Fernseher, Stereoanlage und das Silber zu transportieren, das offenbar überall im Haus verteilt war. Gut möglich, dass auch die alten Schinken an den Wänden etwas wert waren. Er würde einfach alles mitnehmen.

Aber zuerst würde er sich im oberen Stock umsehen. Leute, die so viel Geld einfach im Schreibtisch aufbewahrten, legten mit Sicherheit auch ein paar Scheinchen unter die Matratze oder in den Nachttisch.

Glückliche Zeiten, dachte er, als er mit beschwingten Schritten die teppichbelegten Stufen hinaufschritt.

Carmens Entschluss stand fest. Sie würde sich nicht einfach ausrauben lassen. Das könnte eine gefährliche Störung ihres gemütlichen Lebens darstellen. Sachte zog sie die Schlafzimmertür auf und lauschte ins Haus hinein. Aus dem Erdgeschoss drangen leises Scharren und Rascheln zu ihr herauf. Offenbar durchwühlte der Einbrecher gerade das Wohnzimmer. Dann hörte sie Schritte, erst als Klacken auf den Dielenfliesen, dann als leises, dumpfes Stampfen auf der Treppe. Schnell zog sie sich hinter die Tür zurück und machte sich bereit.

Die Schritte erreichten jetzt das Schlafzimmer, und die Tür wurde langsam aufgeschoben. Carmen hielt den Atem an, als ein dunkler Schatten zwischen sie und das Fenster trat. Dann stürzte sie sich auf ihn.

Scheiße, es ist doch jemand da, konnte Joey gerade noch denken, als eine schwere Hand sich auf seinen Mund und ein mächtiger Arm sich um seinen Hals legte und ihm die Luft abdrückte.

Klatsch, klatsch!

Zwei heftige Ohrfeigen zerrten Joey aus seiner Bewusstlosigkeit zurück ins Leben. Er versuchte, zu atmen, doch irgendetwas verschloss ihm den Mund. Auch seine Hände waren aus irgendeinem Grund nicht zu gebrauchen.

»Da bist du ja wieder, Schätzchen«, hörte er eine Frauenstimme sagen und öffnete zwinkernd die Augen. Im schwachen Schein einer Nachttischlampe erblickte Joey die fetteste Frau, die er je gesehen hatte. Dunkles, strähniges Haar umrahmte ihr rundes Gesicht, in dem die Augen zu kleinen Schlitzen zusammengepresst wurden. Kinn, Kinn und Kinn gingen nahtlos in den Hals und der wiederum in Busen und

Bauch über, wobei der Umfang sich von Station zu Station in erschreckender Weise vergrößerte. Sie trug irgendetwas Geblümtes, was möglicherweise einmal zwei Bettbezüge gewesen waren. Ihre Arme waren so dick wie seine Oberschenkel, und an ihrem Ende erblickte er zwei große runde Hände, die mit einem Schlag ein Wildschwein hätten töten können.

»Was soll das?«, wollte er sagen, aber heraus kam nur ein »Hmhmhm«. Sein Mund war mit Klebeband verschlossen. Auch seine Hand- und Fußgelenke schienen damit gefesselt zu sein. Er konnte sich kaum rühren.

»Na, du bist ja ein ganz Süßer«, schnurrte Carmen und streichelte mit ihren Pranken über sein Gesicht. Ihr Blick streifte über seinen Körper, und was sie sah, schien ihr zu gefallen. »Wenn du brav bist und nicht schreist, nehme ich das Klebeband von deinem Mund. Was meinst du?«

Joey nickte so rasch, dass Carmen misstrauisch nachschob: »Aber nicht schreien. Diese Hände können dich schneller ins Jenseits befördern, als du Mama sagen kannst.« Dabei drehte sie ihre Patschhändchen vor seinen Augen hin und her. Joey nickte wieder, diesmal langsamer.

Mit einem Ruck riss Carmen das Klebeband von Joeys Mund, und ihm entfuhr ein unwillkürlicher Schmerzensschrei. Sofort schoss Carmens Hand hoch und erstickte jeden Laut. Joey nickte schnell, und Carmen ließ ihn tief durchatmen. Vom Nachttisch nahm sie ein Weinglas und hielt es vorsichtig an seine Lippen. »Trink erst mal einen Schluck«, sagte sie in mütterlichem Ton.

Joey gehorchte. Der Wein schmeckte schal. »Was wollen Sie von mir?«, brachte er schließlich mit zittriger Stimme hervor.

Carmen runzelte die Stirn. »Ich von dir? Wenn mich nicht alles täuscht, bist du zu mir gekommen, nicht umgekehrt.« Tadelnd schüttelte sie den Kopf und schnalzte mit der

Zunge. Ihre Kinne wackelten bedrohlich. »Die richtige Frage wäre also: Was willst du von mir?«

Einen kurzen Augenblick lang erwog Joey, irgendeine Geschichte zu erzählen wie: zufällig durch das Fenster ins Haus gefallen, obdachlos oder etwas Rührseliges wie: ein krankes Kind oder eine alte, hungernde Mutter. Doch er wusste, dass sie ihm all das nicht abnehmen würde. Vermutlich hatte sie längst seinen Rucksack durchsucht und das Geld und sein Werkzeug gefunden. »Ich dachte, das Haus wäre leer und wollte mal nachschauen, was es hier so alles gibt.«

Befriedigt nickte Carmen. »Das ist gut. Immer bei der Wahrheit bleiben. Und wie du siehst, gibt es hier ja tatsächlich eine ganze Menge.« Sie lachte laut auf, erhob sich und schaukelte mit beiden Händen ihre enormen Brüste. Joey fühlte sich ganz schummrig im Kopf.

»Was haben Sie denn jetzt vor? Rufen Sie die Polizei?« Diese Möglichkeit, die ihm eben noch als das schlimmste aller Übel erschienen war, trat nun deutlich zugunsten eines anderen Schicksals zurück. Er würde eigenhändig die Polizei rufen, wenn er könnte.

»Nein, mein Schatz. Pass gut auf, ich will es dir nicht noch einmal erklären müssen.«

Carmen ließ ihren schweren Leib wieder neben ihn auf das Bett fallen, das daraufhin wie ein Wasserbett zu schwanken begann. Eine Dunstwolke aus käsigem Schweiß und fadem Kohlgeruch legte sich wie eine stinkende Decke über Joey.

»Ich lebe hier allein und bin ein bisschen einsam. Du willst Geld. Das habe ich, reichlich. Wenn du was zu essen brauchst, habe ich auch. Alles, was du dir wünschst. Und dafür gibst du mir das Einzige, das ich nicht habe: ein bisschen Gesellschaft.«

Joey starrte aus weit aufgerissenen Augen zu ihr hinauf. Ein Schweißfilm bildete sich auf seiner Stirn. Gleichzeitig begann er zu zittern.

Carmen schwenkte eine ihrer großen Patschen zur Seite und hatte Sekunden später einen großen Teller mit Schinken und Käse vor sich auf der Bettdecke stehen. Mit zwei Fingern, dick wie Mettwürste, ergriff sie einen Käsewürfel und hielt ihn Joey vor den Mund. »Mein verstorbener Mann, Peter«, sagte sie mit zärtlichem Unterton, dann unterbrach sie sich und wandte sich ab.

Joey beobachtete, wie sie einen Bilderrahmen vom Nachttisch nahm und sanft in die Schublade gleiten ließ.

»Mein verstorbener Mann«, begann sie von Neuem, jetzt wieder Joey zugewandt, »war ein Fütterer. Als wir uns kennen lernten, wog ich 58 Kilo. Jetzt sind es, na ja, ich schätze, 250, und es werden täglich mehr. Weißt du, er liebte es, mich zu füttern. Er tat den lieben langen Tag nichts anderes. Und genau das werde ich auch mit dir tun.« Mit etwas Druck zwängte sie den Käsewürfel zwischen Joeys kalkweiße Lippen.

Langsam begann er zu kauen.

Lächelnd schwenkte sie ihren Körper herum, legte sich neben ihn und flüsterte in sein Ohr: »Glückliche Zeiten brechen an.«

Vom Hindukusch nach Hellenthal

von Theo Pointner

1.

Der Feldwebel zog den Stahlhelm tiefer in die Stirn und wagte einen Blick über den Rand des Schützengrabens. Die Übermacht, gegen die er und seine Truppe standen, war schier überwältigend. Trotzdem huschte ein verschmitztes Lächeln über sein Gesicht. Er liebte solche hoffnungslosen Situationen.

Es war nicht die erste Schlacht, in der er sich bewähren musste, ausnahmslos alle hatte er bisher gewonnen. Sein Gegner verfügte zwar über die größere Menge an Soldaten und Material (sonst hätte der sich auch kaum auf diesen Krieg eingelassen), aber vom taktischen Geschick her war er seinem Kontrahenten haushoch überlegen. Was so ein bisschen mehr an Lebenserfahrung doch ausmachen konnte ...

Nach kurzem Überlegen gab er seiner kleinen Panzertruppe den Befehl, hinter der flachen Düne in Stellung zu gehen. Er erwartete einen Frontalangriff auf seine Stellungen, da war es sicherlich nicht verkehrt, den Feind von der rechten Seite mit den rollenden Kampfungetümen unter Beschuss nehmen zu können. Über seine linke Seite machte er sich überhaupt keine Sorgen; seine Artillerie, bestehend aus zwei gewaltigen Geschützen, lag sicher eingegraben auf der kleinen Bergkuppe verborgen.

Er machte sich auch keine Sorgen über die Tatsache, dass er und seine Truppen das erste Mal in einen Geländekrieg verwickelt wurden – die bisherigen Scharmützel waren Städtekämpfe gewesen, wo überall Deckung und Schutz zu finden waren. Aber der Reiz, den diese Umgebung bot, pumpte laufend Adrenalin in seinen Körper, eine derartige Umgebung bot ungeahnte Möglichkeiten, den Verlauf der Schlacht interessanter zu gestalten. Nur eine kleine Vorhut hatte sich im Sand vergraben, der Hauptteil der Infanterie versteckte sich hinter den hohen Felsen, um dem Angriff begegnen zu können.

Einer seiner Aufklärer hetzte in seinen Befehlsstand und berichtete von einer unerwarteten Truppenverlagerung des Feindes. Der Feldwebel runzelte die Stirn. Hatte der Gegner etwa aus seinen früheren Niederlagen gelernt? Vielleicht wäre es doch besser, die Panzer ein wenig mehr zu dezentralisieren ...

2.

Diese Ruhe war einfach himmlisch.

Genüsslich nahm er einen langen Schluck aus der Wasserflasche, die er aus der Kühltasche geangelt hatte, und rülpste, als die Kohlensäure übermächtig wurde. Hier konnte man es aushalten, strahlend blauer Himmel, klare, saubere Luft, Vogelgezwitscher, in der Nähe eine Talsperre mit klarem, kühlen Wasser – ja, das Leben konnte auch friedliche Seiten haben.

»Mist«, hörte er von der benachbarten Liege einen undeutlichen Fluch. »Das passt nicht.«

»Was passt denn nicht?«, murmelte er desinteressiert.

»Hier, im Kreuzworträtsel«, beschwerte sich Eva und wedelte mit einer Illustrierten. »Zwergwüchsiger Stamm. Das sind doch Pyrenäen.«

»Nein, was du meinst, sind Pygmäen.«

»Nein, Pygmäen, das ist das, was der Mensch unter der Haut hat, davon kriegt er Sommersprossen.«

»Das ist Pigment.«

»Auf Pigment haben doch die alten Römer geschrieben«, dozierte Eva.

»Das war Pergament!«

»Ach was«, antwortete Eva, »Pergament ist, wenn ein Dichter etwas anfängt und nicht zu Ende macht ...«

Mit einem scharfen Zischlaut beförderte Erwin Markus die Wasserflasche zurück in die Kühltasche und funkelte seine Gattin böse an. »Willst du heute Abend noch etwas vom Grill?«, unterbrach er sie eindringlich.

Eva sah von ihrem Kreuzworträtsel auf. »Natürlich.«

»Dann geh mir nicht auf den Sack!«, empfahl er mit schneidender Stimme. »Ich hab schon Kamelficker für weniger ausgeknipst.«

Die Frau an seiner Seite rückte erschrocken ein wenig von ihm ab. »Du hast ...«, begann sie.

»Ich darf nicht darüber reden«, antwortete Markus und legte zur Verdeutlichung seiner Worte einen Zeigefinger auf die Lippen. »Verschon mich einfach mit deinem schwachsinnigen Kreuzworträtselwissen, dann ist alles okay.«

Eva Markus zog ihre kleine Stupsnase in unzählige krause Fältchen, dachte einen Moment nach und strahlte ihren Gatten danach herzergreifend an. »Reibst du mir mal den Rücken ein?«

»Das hab ich doch schon vor zwei Stunden gemacht«, brummte er unwillig. Die mitunter in Lichtgeschwindigkeit vollzogenen gedanklichen und stimmungsmäßigen Wechsel seiner Angetrauten konnten ihn immer noch überraschen.

»Puschel, ich bin die Sonne doch nicht so gewohnt wie du«, quengelte Eva Markus. »Wenn ich mir sofort einen Sonnenbrand einfange, hab ich von unserem Urlaub doch gar nichts. Und das möchtest du doch auch nicht ...«

Wenigstens hätte ich dann meine Ruhe, dachte Feldwebel Markus, sagte jedoch nichts, sondern verließ die waagerechte Position, um seiner Frau das wie von Zauberhand besorgte Fläschchen mit Sonnenmilch abzunehmen.

Mit einem unanständigen Geräusch landete eine beachtliche Portion der weißen, schleimigen Masse in seiner Handfläche. Gleich darauf klatschte er Eva, die sich inzwischen zu ihm auf die Liege gequetscht hatte, die volle Ladung auf den Rücken. Mit kräftigen Bewegungen begann er, den Lichtschutzfaktor 30 zu verteilen.

Der Kontrast zwischen ihren Körpern war gewaltig. Seine Frau war klein, zierlich und hellhäutig, er knapp zwei Meter groß und durchtrainiert. Schon immer hatte er den Teint eines Südeuropäers gehabt, bereits nach den ersten zarten Sonnenstrahlen im Frühjahr sah er aus, als habe er zuvor vier Wochen in der Karibik verbracht.

Natürlich war er ein Frauenschwarm, vor allem, wenn er entweder ein öffentliches Fitnessstudio aufgesucht hatte oder in seiner schicksten Uniform unterwegs gewesen war; fast alle hatte er haben können, konnte sie eigentlich auch heute noch rumkriegen. Es war ja auch nicht so, dass er nicht hin und wieder einigen besonders anhänglichen Mitgliedern der weiblichen Spezies die Huld seiner körperlichen Beiwohnung angedeihen ließ – nur gab es in seinem Kampftrupp zu Füßen des Hindukusch so verdammt wenige Frauen, die sich danach drängten, von ihm befruchtet zu werden. Und, wenn er ehrlich sein sollte, Eva hatte irgendetwas, was diese ganzen anderen Frauen nicht hatten.

Ursprünglich hatte er sie ebenfalls nur als ein kleinen Zeitvertreib, als zeitweilige NATO-Matratze eingeplant. Aber sie war die erste Frau gewesen, bei der er nicht einen schier unüberwindlichen Widerwillen empfunden hatte, als er mit ihr ins Bett gegangen war. Es hatte ihm Spaß bereitet, sie beim Geschlechtsverkehr zu beobachten, auf ihre Reaktionen zu achten und derart mit ihr zu spielen, dass ihre Lust immer weiter gesteigert wurde. Und – sie war die erste Frau überhaupt, der er beim Vögeln ins Gesicht schauen konnte, ohne einen Brechreiz zu entwickeln. Allen anderen vor ihr – und auch denjenigen, die gekommen waren, seit sie sich kannten – hatte er es allenfalls von hinten besorgt oder es sich von den Frauen mit dem Mund machen lassen. Hauptsache, er musste nicht in ihre verzerrten Fratzen blicken, wenn sie unter ihm lagen.

Ja, seine Eva war anders, selbst nach den gut zehn Jahren, die seit ihrer ersten Verabredung vergangen waren. Wenn das keine Liebe war, wusste er nicht, wie sich diese Empfindung sonst äußern sollte.

»Danke, Puschel«, seufzte Eva, als die Sonnenmilch zur Gänze in ihre Haut eingezogen war. »Das war lieb von dir.«

Feldwebel Markus nickte knapp, wischte sich die Hände an ihrer Bluse, die sie über die Lehne ihrer Sonnenliege gehängt hatte, ab, und griff wieder zur Wasserflasche.

Ab morgen würde er sein tägliches Training wieder aufnehmen, denn er spürte bereits, dass die Spannkraft seiner Muskeln nachzulassen begann. Aber nach der Rückkehr aus dem monatelangen Einsatz in Kunduz beim Regionalkommando Nord benötigte er einige Tage, um runterzufahren, die Gedanken neu zu ordnen und die Bilder aus dem Kopf zu bekommen, die sich ansonsten festzubrennen drohten. Bilder der gefallenen oder verwundeten Kameraden, von zerfetzten Gliedmaßen und den stumpfen, ausdruckslosen, ängstlichen Blicken.

Acht Tage war es erst her, dass er noch unter der stechenden Sonne in der afghanischen Wüste gestanden hatte, das glühend heiße Gewehr vor der Brust, den Stahlhelm über die exakt auf zwei Millimeter Länge gestutzten Haare gestülpt. Doch jetzt hieß es für die nächsten drei Wochen Hellenthal anstatt Hindukusch. Paradiesisches Kleinod anstatt die Hölle des Terrors. Freundliche Eifelmenschen anstatt durchgeknallter Kopfwindelträger. Touristen statt Taliban.

Seine Einsatzzeit bei der QRF, der Quick Reaction Force des Nordkommandos, dauerte zwar jeweils nur vier Monate, aber je nachdem, in welche Situationen er und seine Kameraden bei Evakuierungs-, Zugriffs- und Durchsuchungs- oder offensiven Operationen gegen regierungsfeindliche Kräfte im Zusammenwirken mit den afghanischen Sicherheitskräften kamen, konnten diese vier Monate mitunter die gefühlte Länge von vier Jahren bekommen. Und so sehr er sich auch freute, wenn er den fliegenden Truppentransporter Richtung Osten zu Beginn eines Einsatzes bestieg – länger als diese vier Monate am Stück konnte auch er es nicht aushalten.

»Sag mal, Puschel, Verlagsmitarbeiter … das ist doch ein Legionär, oder?« Eva kaute gedankenverloren an der Spitze ihres Kugelschreibers, in ihrer Hand hielt sie wieder das Kreuzworträtsel.

»Nein, das ist ein Lektor.«

»War das nicht der griechische Held des Altertums?«

»Das war Hektor. Und der war außerdem ein Trojaner.«

»Nein, das kann nicht sein. Hektor ist doch ein Flächenmaß.«

»Das ist ein Hektar!«

»Aber Hektar ist der Göttertrank.«

»Das ist Nektar.«

»Ach, was du mir immer erzählen willst«, entrüstete sich Eva. »Nektar ist ein Fluss in Süddeutschland.«

»Das ist der Neckar!«, seufzte Markus verzweifelt.

»Aber du kennst doch das schöne Lied: *Bald gras ich am Nektar, bald gras ich am Rhein*. Das haben Claudia und ich in der Schule immer als Duo gesungen.«

»Das heißt Duett.«

»Nein«, sagte Eva, »Duett ist, wenn sich zwei Männer mit Pistolen gegenüberstehen.«

»Duell«, erklärte der Feldwebel fassungslos. »Das ist ein Duell.«

»Duell ist, wenn zum Beispiel eine Eisenbahn durch ein Loch im Berg fährt.«

»Verdammt!«, schrie Markus. »Entweder du hältst jetzt deine Klappe, oder ich bring dich wirklich um …«

3.

»Eyh, du spinnst ja. Panzer können nicht fliegen.«

Marvin-Kevin-Dennis sah mit hochrotem Kopf auf und blinzelte Manfred wütend an. Dabei fuchtelte er wild mit einem liegenden MG-Schützen in der Luft herum.

»Quatsch, die fliegen doch gar nicht«, behauptete Manfred abwehrend und beeilte sich, die vielleicht zehn Zentimeter große Nachbildung eines Leopardpanzers wieder auf den Sand zu drücken. »Siehst du, der fährt ganz normal.«

»Du schummelst immer«, krähte Marvin-Kevin-Dennis unter seinem hellroten Haarschopf und wirbelte mit seiner kleinen Hand eine kleine Dreckfontäne auf. »Du kannst deine Panzers gar nicht mehr so schnell woanders hinbringen, außerdem schaffen die den Berg gar nicht.«

»Hier ist doch kein Berg«, fauchte Manfred und zeigte seinem Bruder einen Vogel. »Das ist 'n Mittelgebirge hier, wo soll denn da ein Berg herkommen? Hier gibt's doch nur Hügels.«

»Trotzdem schummelst du«, beharrte Marvin-Kevin-Dennis trotzig. »Hat Mama auch immer gesagt.«

Manfred ballte seine rechte Hand zur Faust und holte tief Luft. »Mama hat nie gesagt, dass ich schummeln tu«, schnauzte er den Fünfjährigen an, der daraufhin vorsichtshalber etwas im feuchten Waldboden zurückrutschte. »Du weißt ja gar nicht, was das heißt, du ... du Baby.«

»Ich bin kein Baby«, kreischte Marvin-Kevin-Dennis wütend. »Bloß weil du schon in die zweite Klasse gehst ...«

»Halt die Klappe«, schnauzte der Ältere zurück und fuhr dann fort, seine Panzerstreitmacht umzudirigieren. »Und merk dir, ich schummel nicht.«

»Wohl«, knurrte Marvin-Kevin-Dennis, diesmal allerdings so leise, dass sein Bruder ihn kaum hören konnte. »Und deshalb verhaut dich Papa auch immer.«

Manfred ballte seine Rechte erneut zu einer Faust, beherrschte sich dann jedoch. Erstens hatte dieser kleine Naseweis doch keine Ahnung, zweitens tat ihm jede Lektion, die sein Vater ihm verpasst hatte, gut. Und drittens würde Marvin-Kevin-Dennis bestimmt nicht mehr mit ihm spielen wollen, zumindest nicht mit ihren Soldaten, Panzern und Geschützen. Wirklich Spaß machte es seinem kleinen Bruder sowieso nicht, er tat es nur, um ihm, dem Großen, zu gefallen zu sein. Viel lieber würde sich Marvin-Kevin-Dennis mit seinen Bilderbüchern und Stofftieren in die Spielhöhle unter seinem Bett verkriechen. Oder er würde sich eine dieser albernen Hörspielkassetten anhören wollen, mit dieser blöden Hexe oder dem tollpatschigen Elefanten. Er hörte es oft genug durch die dünnen Wände, wenn sein kleiner Bruder an den passenden Stellen jeweils in das nervige »Törööö« einstimmte. Und mit seinen immerhin fast schon acht Jahren war er bereits so vernünftig, dass er es bei einem weiteren bösen Blick bewenden ließ.

»Pass lieber auf, dass dich meine Truppen nicht gleich über den Haufen rennen«, zischte Manfred, wobei er einen analysierenden Blick über die Szenerie warf. Zusammen mit ihrem Vater hatten sie heute früh in dem kümmerlichen Bächlein, das unweit des gemieteten Ferienhauses durch den Wald plätscherte, mit eigens dafür zurechtgesägten und genagelten Brettern einen Damm gebaut. Das Ergebnis ihrer Bemühungen war eine Wasserstauung von etwa einem Meter Länge, vierzig Zentimetern Breite und maximal fünf Zentimetern Tiefe. In seiner Fantasie war die Pfütze nahezu augenblicklich zu einem Stausee geworden, den seine tapferen Mannen gegen die Streitmacht seines Bruders zu verteidigen hatten, koste es, was es wolle. Kaum war ihr Vater wieder zum Ferienhaus zurückgegangen, hatten sie das für den Dammbau benötigte Werkzeug achtlos beiseitegelegt, Manfred war wie ein Derwisch losgerannt und hatte die drei Tüten mit ihren Spielzeugarmeen angeschleppt. Marvin-Kevin-Dennis hatte zwar lieber Papierschiffchen fahren lassen wollen, sich aber durch das Versprechen seines Bruders, dass er heute Abend, wenn sie vor dem Essen noch etwas fernsehen durften, gemeinsam mit ihm im Kinderkanal eine Folge mit der Biene Maja anschauen werde, zu dem Kriegsspiel überreden lassen.

Manfred war zufrieden. Die Panzer waren in strategisch wichtigen Stellungen vor dem »Stausee« positioniert, seine Soldaten erwarteten konzentriert die erste Angriffswoge, die Geschütze waren ausgerichtet und bereit. Seinetwegen konnte es losgehen.

4.

»Puschel, holst du wohl die Kinder? Ich will die beiden noch in die Wanne stecken, bevor wir essen. Du könntest, wenn ihr wieder hier seid, dann auch schon mal den Grill anmachen.«

Erwin Markus brauchte ein paar Sekunden, bis die gehörten Worte in seinem Kopf einen Sinn ergaben. Seit er aus Afghanistan zurückgekommen war, hatte er gerade das erste Mal tief und fest geschlafen, hatte nicht mehr mit einem Ohr ständig auf ungewöhnliche Geräusche geachtet, die eine Bedrohung signalisieren konnten. Er fing an, sich langsam aber sicher wirklich zu erholen.

Seine Gattin begann bereits, ihre Sachen zusammenzuräumen, die Zeitungen, in denen sie in den letzten gut drei Stunden sämtliche Rätsel in Angriff genommen hatte, zu ordnen und den Inhalt der Kühltasche zu sortieren. Feldwebel Markus streifte sich ein Muskelshirt über den von der Sonne erhitzten Körper, schlüpfte in seine Badelatschen und beförderte die Sonnenbrille auf seinen Nasenrücken. Bis zum Rand des Waldes, in dem die Kinder mit ihrem Spielzeug verschwunden waren, waren es zwar nur gut zwanzig Meter, aber die Brille war zu seinem Markenzeichen geworden. Ohne sie war er, zumindest wenn es nicht gerade wie aus Kübeln schüttete oder es mitten in der Nacht war, nirgends anzutreffen.

Es war selten, dass er für seine Familie wirklich ausgiebig Zeit hatte. Sein ganzer Ehrgeiz galt seiner Karriere, seinem Weiterkommen bei der Bundeswehr. Wenn er nicht auf einem Auslandseinsatz war, befand er sich meistens auf Schulungen oder im Manöver.

Schon seit fünf Generationen war es eine nahezu heilige Tradition, dass der männliche Erstgeborene aus der Sippe der Markus' Berufssoldat wurde. Und genauso war es

Tradition, dass der Erstgeborene nach einem heldenhaften Soldaten benannt wurde. Er selbst war nach Generalfeldmarschall Erwin Rommel benannt, dem Wüstenfuchs, der ja eigentlich vollständig Johannes Erwin Eugen geheißen hatte, aber nur unter dem zweiten Vornamen Erwin zu soldatischem Ruhm und Ansehen gelangt war. Und genauso war es ein nahezu unumstößliches Gesetz, dass die Erziehung des zukünftigen, erstgeborenen Soldaten auch Männersache war.

So hatte er, Feldwebel Markus, nicht nur entschieden, dass der erste Sohn Manfred heißen würde – nach Manfred Albrecht Freiherr von Richthofen, dem unvergessenen Jagdflieger im ersten Weltkrieg –, sondern er bestimmte auch, nach welchen Idealen und Prinzipien Manfred erzogen wurde. Eva hatte anfangs noch schwach zu protestieren versucht, aber Markus hatte ihr unmissverständlich klar gemacht, dass es darüber keine Diskussion geben würde.

Eva hatte es letztlich akzeptieren müssen, zumal er in Aussicht gestellt hatte, dass ein eventueller zweiter Sohn dann völlig unter ihre Fittiche genommen werden könnte. Und so erzog, lehrte und bestrafte er Manfred, während seine Frau sich auf Marvin-Kevin-Dennis konzentrierte.

Mein Gott, wenn er nur schon diesen Namen hörte! Marvin an sich wäre ja schon schlimm genug gewesen. Diese ausländischen Namen waren ja schon seit einigen Jahren furchtbar in Mode. Nein, das reichte nicht, Eva musste ja noch eins draufsetzen und diese ekelhafte Namenskombination wählen. Mit diesen Vornamen musste der Junge ja schwul werden.

5.

Oh Gott, es sah schlecht aus.

Die Truppen des Feldwebels traten fast an allen Orten des Scharmützels auf der Stelle, nirgendwo hatten sie sich entscheidende Vorteile erkämpfen können. Die kleine Panzerstreitmacht war ausgeschaltet, der Feind hatte völlig unerwartet seine Jagdflieger auf die rollenden Tanks gehetzt und einen nach dem anderen vernichtet. Seine Geschütze waren, obwohl er sie in Sicherheit wähnte, zur Hälfte durch die feindliche Infanterie erobert worden. Anstatt einen Ausfall zu machen und die Schlacht endgültig zu entscheiden mussten, sich seine Truppen den permanent anrollenden Angriffswellen entgegenstemmen, die Verluste waren entsetzlich. Zum ersten Mal, wirklich zum allerersten Mal würde er nicht siegen. Er konnte von Glück sagen, wenn seine Streitmacht nicht völlig aufgerieben würde.

Die Stimmung des Feindes war blendend, seine Geschütze feuerten aus alles Rohren, seine Panzer sicherten die Fußtruppen vor dem Feuer der Verteidigung ab, das größte Problem waren jedoch die Jagdflieger. Der Feldwebel hatte seine Maschinen zu lange auf dem Boden gelassen, er hatte zunächst mit einem Bodenangriff gerechnet, stattdessen hatten sich die feindlichen Bomber als Erstes in die Luft erhoben und seinen provisorischen Flugplatz samt der Maschinen vernichtet. Danach hatte er eigentlich schon nicht mehr gewinnen können.

6.

Feldwebel Markus seufzte unbewusst auf. Er hatte den Waldrand erreicht, auf einen Schlag war die Luft um einige Grade kühler geworden, roch würziger und frischer. Nur noch diesen kleinen Hang hoch, dann würde er die Kinder erreicht haben. Heute Vormittag, als die Sonne gerade erst über die ersten Baumwipfel gelinst hatte, hatte er mit seinen Söhnen diesen kleinen, aufstauenden Damm gebaut. Das Resultat war zwar nur eine mickrige Pfütze gewesen, aber schließlich gehörte er zum Heer, zur kämpfenden Truppe, nicht zu den Pionieren. Doch Manfreds Augen hatten geleuchtet, als er aufgeregt losgeplappert hatte, hier könnten er und sein Bruder wunderbar spielen, seine Soldaten müssten den Staudamm verteidigen, Marvin-und-so-weiter müsste versuchen, den strategisch wichtigen Punkt einzunehmen … Feldwebel Markus waren fast die Tränen gekommen vor Stolz. *Der* Junge war richtig.

Kein Jammern, kein Geschrei, wenn er sich verletzte oder auch mal gezüchtigt werden musste. Er nahm es schon wie ein Mann, auch wenn ihm die Tränen dabei aus den Augen liefen. Manfred konnte einstecken, von seinem Vater und auch im Verein, beim Fußball. Einmal war er bei einem Spiel schon nach zehn Minuten umgeknickt, aber eine Auswechslung kam für das Kind nicht infrage. Er biss lieber auf die Zähne und spielte durch, auch wenn der Knöchel abends in allen Farben, die ein Bluterguss hervorrufen konnte, schillerte. Ein Aufgeben gab es nicht. Marvin-etc. hatte nur einmal einen Ball etwas fester ins Gesicht abbekommen und anschließend eine Viertelstunde gebrüllt. Typisch Mamas Weichei. Wahrscheinlich würde er, wenn er groß genug war, damit ankommen, dass er statt Fußball zu spielen lieber Synchronschwimmen betreiben würde.

Markus hatte den Hügel bewältigt, trotz der sommerlichen Temperaturen und seines schnellen Schrittes war er kein bisschen außer Atem. Trotzdem blieb er wie angewurzelt stehen, als seine Söhne in sein Blickfeld gerieten …

7.

Manfred biss wütend die Zähne aufeinander, während Marvin-Kevin-Dennis wie ein Wiesel seine verschiedenen Truppenteile bewegte und die Zange immer fester zuzog. Nein, dass durfte nicht sein, er konnte nicht verlieren, nicht er, der geborene Stratege und Feldherr. Verzweifelt zog er seine Truppen für einen letzten Gegenstoß zusammen, er musste alles auf eine Karte setzen und einen Ausfall wagen, aber sogar damit hatte Marvin-Kevin-Dennis gerechnet. Frische Panzerverbände brachen hinter einem Hügel hervor, walzten seine Truppen in den Boden und setzten den letzten Angriff auf sein Hauptquartier in Gang.

Manfred war wie in Trance. Seine Niederlage stand fest, sein kleiner Bruder, sein verdammter Bruder, dieses Weichei, hatte ihn besiegt. Überall lagen seine Soldaten auf der Seite, ein Zeichen dafür, dass sie entweder tot oder wegen schwerer Verletzungen außer Gefecht gesetzt waren.

Marvin-Kevin-Dennis strahlte über das ganze Gesicht und noch darüber hinaus. Neben den Schuss- und Knallgeräuschen, mit denen er den akustischen Hintergrund der Schlacht zu simulieren versuchte, entfuhren ihm immer öfter Triumphschreie. Zum ersten Mal, zum allerersten Mal hatte er seinen großen Bruder besiegt!

Manfred stand wie paralysiert, aus seinem Magen schoss ein Schwall heißer, ätzender Säure die Speiseröhre nach oben. Seine Finger begannen zu zittern, er wollte seine Wut, seinen Frust rausbrüllen, aber ihm entfuhr nur ein gequältes, fast unhörbares Gekiekse.

Als Marvin-Kevin-Dennis begann, seine letzten Soldaten ins Spielzeugjenseits zu befördern, drohten Manfreds Beine nachzugeben. Verzweifelt suchte er nach einem Ausweg, irgendwie musste es doch noch die Chance zu einem Gegenschlag geben, das durfte …

Innerhalb von Sekundenbruchteilen verwandelte sich seine Panik in wilde Entschlossenheit, als er, wie durch einen Fingerzeig des Schicksals, plötzlich seiner Wunderwaffe ansichtig wurde.

8.

»Was hast du gemacht?«, brüllte Feldwebel Markus wie von Sinnen. »Was, um alles in der Welt, hast du da angestellt?«

Manfred löste seinen faszinierten, triumphierenden Blick und sah überrascht zu seinem Vater. Er hatte ihn gar nicht kommen gehört.

»Sag mir, dass das nicht wahr ist!«, schrie Markus und setzte sich mit taumelnden Schritten langsam in Bewegung.

Marvin-Kevin-Dennis lag bewegungslos auf dem Waldboden, das linke Bein lang ausgestreckt, das rechte in einem Winkel angezogen, dass es eigentlich fürchterlich schmerzen müsste. Die Arme lagen unter dem Brustkorb, das Gesicht war in der aufgestauten Pfütze verschwunden. Aus der gezackten Wunde auf dem Hinterkopf quoll zwar kein Blut mehr, der Anblick der durch die zerfetzte Kopfhaut schimmernden Knochenreste und der blutverschmierten, verkrusteten, blonden Haare war dennoch Übelkeit erregend.

Manfred stand vielleicht einen Meter von seinem Bruder entfernt, das Gesicht vor Aufregung gerötet, die Atmung beschleunigt, in den Augen ein leuchtendes Glühen. Den Hammer, mit dessen Hilfe sie heute früh zusammen den kleinen Damm gebaut hatten, hielt er immer noch krampfhaft in der Hand.

Feldwebel Markus sackte auf die Knie, aus seinem Magen schoss ein gewaltiger Schwall Säure nach oben. Nur mit Mühe konnte er seinen Mageninhalt bei sich behalten.

»Du hast deinen Bruder erschlagen«, wimmerte er verzweifelt. »Du verdammter Scheißkerl hast deinen eigenen Bruder erschlagen ...«

Manfred runzelte verständnislos die Stirn und sah seinen Vater konsterniert an. »Aber Papa ... ich ...«

»Warum hast du das getan?«, schrie Feldwebel Markus, wobei er vor lauter innerem Schmerz seine Fäuste derart krampfhaft ballte, dass die Haut über den Knöcheln aufplatzte.

Manfred warf den Hammer mit dem blutverschmierten Kopf achtlos auf den Boden, zog geräuschvoll die Nase hoch und deutete mit einer fahrigen Bewegung auf das auf der Erde verstreute Kriegsspielzeug.

»Er hätte mich fast besiegt«, erklärte er dann bestimmt. »Und ein richtiger Soldat kämpft bis zum Schluss. Das hast du mir doch selbst immer wieder gesagt!«

Kein Routinefall

von Rudolf Jagusch

»Pass auf! Die Eifeler sind ein mordsgemeines Völkchen!« Ich hätte auf Franz hören sollen.

Scheiße, diese Schmerzen.

Franz ist zwar nicht der Hellste, aber gebürtiger Dauner. Der kennt sich aus in der Eifel. Stattdessen habe ich ihn ausgelacht, ich arroganter Idiot.

Mann, tut das weh!

Dabei schien es ein ganz normaler Auftrag zu sein. Bisschen den dicken Maxe machen, ein paar Drohungen, vielleicht auch ein gebrochener Finger.

Gut, vielleicht auch zwei oder drei. Aber nicht mehr als nötig. Mein Ehrenkodex.

Und jetzt? Liege ich hier auf dem Teppich und kann mich vor Schmerzen nicht mehr rühren.

Scheiße!

»Geht gleich vorbei«, fistelte die Alte über mir treuherzig.

Anfängerfehler. Unterschätze nie deinen Gegner. Franz würde mich auslachen, wenn er mich hier liegen sähe.

»Kommst du, Erna? Wir müssen los.«

Der Alte, ihr Mann. Noch so ein Teufel!

»Jochen wartet schon.«

Jochen Klawski, Autohändler. So einer mit Flatterbändchen und Kiesplatz. Ortsausgang Daun, oben am Kreisel. Steht bei meinem Auftraggeber in der Kreide. Hat Autos im großen Stil verschoben, doch den Gewinn nicht wie abgesprochen geteilt. Klawskis Wohnwagen war verrammelt. Tagsüber!

Da schrillten bei mir alle Alarmglocken. Der Typ will sich dünnemachen. Bin daher sofort hierhin gefahren, Pützborn, Gerolsteiner Straße. Dass Klawski noch bei den Eltern wohnt, wusste ich nicht.

Die Alte tupft mir den Schweiß von der Stirn und murmelt: »Bald vorbei, versprochen. Ich muss aber jetzt.«

Verpiss dich, denke ich, heraus kommt nur: »Vrpsdch.«

Dann sind sie weg. Die Alten, nicht meine Schmerzen.

Als ich vor einer Stunde hier ankam, bat mich der Alte herein. Mit den Worten »Jochen kommt später« führte er mich ins Wohnzimmer.

»Eifel rustikal«, scherzte ich, als ich die Möbel sah.

Der Alte zog die Stirn kraus: »Sie meinen Eiche rustikal.«

Aha, ein Schnelldenker, dachte ich und winkte ab.

Plötzlich stand sie in der Tür und rief mit ihrer Fistelstimme: »Ein Gast, oh wie nett. Nehmen Sie doch Platz.« Die Alte, grauer Dutz, Kittelschürze, Typ Hausmütterchen. Sie drückte mich in den Sessel. »Käffchen?«

Ich schüttelte den Kopf.

Sie legte den Kopf schief: »Klitzekleines Käffchen?«

Ich hob die Hand: »Keine Umstände, bitte. Muss nur was mit Jochen klären.«

»Jochen kommt später«, brummte der Alte.

»Ist noch Zeit für ein Käffchen«, flötete die Alte und hinkte eilig zur Tür hinaus.

»Die macht jetzt Kaffee«, kommentierte der Alte und setzte sich aufs Sofa.

»Klar, Kaffee«, gab ich genervt zurück und sah auf die Uhr. In ein paar Minuten musste ich zum nächsten Fall. Nicht bezahlte, goldene Jacketkronen. Ich fühlte in meinem Mantel nach der Zange. Sie lag schwer in der Tasche.

Der Alte schien meine Ungeduld bemerkt zu haben, denn er sagte: »Jochen kommt gleich.«

»Wo steckt er denn?«, fragte ich neugierig.

»Holt Kaffee«, gab sich der Alte einsilbig. »Dauert nicht lang.«

Ich verdrehte die Augen. Eine Kuckucksuhr schlug an. »Passt aber nicht zur Eifel«, sagte ich beiläufig.

Der Alte runzelte die Stirn.

Ich versuchte zu erklären. »Na, Schwarzwald. Da sind die doch typisch, nicht hier.« Ich deutete auf die Uhr über dem Fernseher.

Der Alte sah mich immer noch verständnislos an und sagte: »Ist von Tchibo.«

Ich öffnete den Mund, doch bevor ich etwas sagen konnte, erschien das Hausmütterchen wieder. »Käffchen!« Sie balancierte auf einem Tablett drei Tassen, eine Kanne, Milch und Zucker. Dunkle Klötzchen waren auch dabei. Scheppernd stellte sie ab. »Milch? Zucker?«, fragte sie.

»Nein, danke, keinen Kaffee. Ich glaube, ich komme später wieder«, gab ich zurück. Ich wollte aufstehen, doch die Alte legte mir ihre Hand auf die Schulter, legte den Kopf schief, schlug kokett die Augen auf und machte einen Schmollmund. »Och, nur ein Käffchen. Bitte. Eine Senfpraline können Sie sich auch dazu nehmen.«

»Senfwas?«, fragte ich entgeistert, »Wollen Sie mich vergiften?«

Die Alte zuckte zusammen und riss die Augen auf.

Ich sah verstohlen zu dem Alten, der den Zeigefinger vor seiner Stirn kreisen ließ. »Tun Sie ihr doch bitte den kleinen Gefallen«, wisperte er.

Aha, daher wehte der Wind. Seufzend ließ ich mich breitschlagen. »Nur Milch bitte.«

Begeistert schenkte sie ein, reichte mir die Porzellantasse und sah mich erwartungsvoll an.

Ich nippte. Es schmeckte scheußlich. »Vielleicht doch noch Zucker«, hauchte ich und hustete.

Eilig rührte die Alte den Zucker in meine Tasse.

Der Alte flüsterte: »Trinken Sie bitte aus, sonst heult sie wieder den ganzen Abend.«

Ich wollte protestieren, bin schließlich kein Altenpfleger, aber da hörten wir einen Wagen vorfahren.

»Das wird Jochen sein«, sagte der Alte.

Also los. Ich stürzte den Kaffee hinunter und stand auf. Ein Schwindel packte mich.

»Hat Ihnen mein Kaffee geschmeckt?«, fragte die Alte und hielt mich am Ärmel zurück.

»Bisschen bitter«, antwortete ich ehrlich.

»Kommt von der Herbstzeitlose«, grinste mich die Alte an.

»Oder das Zyanid«, ergänzte der Alte, »ist doch bestimmt auch wieder drin, oder, Schätzchen?«

In meinen Ohren rauschte es. Der Boden schien sich zu bewegen.

»Buchsbaum auch«, lachte die Alte schrill.

Plötzlich krampfte mein Magen, keuchend klappte ich zusammen. Meine Beine gaben nach, ich stürzte. Ich verlor kurz das Bewusstsein. Als ich wieder die Augen öffnete, befand sich die Wohnzimmerdecke genau gegenüber.

Das Gesicht der Alten schwebte über mir. »Bitte nicht böse sein. Aber Jochen ist unser einziger Sohn. Wir können doch nicht zulassen, dass ihm etwas zustößt.«

»Woher wussten Sie …«, presste ich hervor. Mein Herz raste wie ein Technobeat.

»Sie sind nicht der Erste. Ihr seht doch alle gleich aus«, kicherte die Alte, »Mein Mann und ich halten unserem Jungen den Rücken frei. Dafür dürfen wir bei ihm wohnen.«

Anfängerfehler, rollte es mir durch den Kopf.
Dann wieder Schwärze.

Ich höre einen Motor aufheulen, dann quietschende Reifen. Die Schmerzen werden schwächer. Nur ein paar Minuten ausruhen. Dann werde ich meine Wut an den Jacketkronen auslassen. Und wenn ich diesen Jochen erwische, dann breche ich ihm jeden Finger, alle zehn, nacheinander.

Und die Zehen dazu.

Aber erst mal ausruhen.

Was ist denn das für ein Licht dahinten?

Angenehm.

Werde ich mir mal aus der Nähe ansehen.

Likörchen, Paulchen?

von Ralf Kramp

Man konnte nicht behaupten, dass es Paul in der Gesellschaft seiner Tanten Traudel und Franzi jemals langweilig gewesen wäre. Die beiden unverheirateten Seniorinnen waren zusammen schon längst weit über hundertfünfzig Jahre alt, und Paul musste sich jeden Monat etwas Reizendes einfallen lassen, damit ihm die Tanten gewogen blieben. Sie bewohnten ein kleines, dreistöckiges Haus in der Fußgängerzone von Gemünd mit einem ehemaligen Ladenlokal im Erdgeschoss, das sie seit geraumer Zeit als Wohnung an eine achtköpfige deutschrussische Familie vermietet hatten. Sie spielten Bridge und pflegten enge Kontakte zu alten Freunden im Seniorenheim am Salzberg. Sie besuchten ab und an das alte Kino und sahen sich mit Vorliebe Actionfilme an. An gesellschaftlichem Leben und Zerstreuung mangelte es den beiden Damen nicht, und wenn der monatliche Ausflug mit dem Neffen Paul anstand, dann verlangten sie nach etwas Spektakulärem. Da durften es dann auch schon mal ein Rundflug vom Flugplatz Dahlemer Binz oder sogar heimliche Schießübungen mit einer alten Armeepistole in einem abgelegenen Winkel des Kermeter sein.

Mit Schaudern erinnerte sich Paul an eine Runde im Tourenwagen auf dem Nürburgring oder an die Ballonfahrt. Wenn der Zirkus in Euskirchen gastierte, kraulten sie den Löwen die Mähnen, und auf dem grässlichsten Karussell der Kirmes schrien sie begeistert »Jaaa!«, wenn die Stimme aus den Lautsprecher diabolisch fragte: »Noch eine Ehrenrunde?« Paul hing derweil mit grauem Gesicht in seinem

Haltegurt und versuchte, sein Mittagessen dort zu behalten, wo es hingehörte.

Er tat all das nicht etwa, weil ihn ein üppiges Erbe lockte, oder weil er sich sonst wie einen Vorteil verschaffen wollte. Er liebte seine beiden alten Tanten, und, ja, er fühlte sich auf eine unerklärliche Weise verantwortlich für sie.

Tante Traudel und Tante Franzi pflegten jedes ihrer gemeinsamen Abenteuer mit ein, zwei Gläschen selbst gemachtem Likör einzuläuten. Alles, was in ihrer Umgebung wuchs und gedieh und sich im entsprechenden Moment nicht wehrte, wurde seit jeher von Tante Franzi unter Verwendung von Kandiszucker und hochprozentigem Alkohol in flüssiges Feuer verwandelt. Beeren, Kräuter, Blüten, Tannenspitzen, Lakritz, Kaffee … was immer die Tanten auch in ihre knotigen Finger bekamen. Paul traute sich nie, sich vollständig zu verweigern, und nach einem kleinen Schlückchen war die Sache dann auch erledigt, da er ja zumeist den Chauffeur spielte.

»Likörchen, Paulchen?«, fragte Tante Franzi und kicherte mädchenhaft. Sie war die jüngere von beiden. Und die Kurzsichtigere. Hinter ihren Brillengläsern waren ihre Augen klein wie Rosinen.

Paul nickte gottergeben und ließ sich einen Lavendellikör einschenken, der nach Deodorant roch. Er rümpfte die Nase. Irgendwann würde sie auch vor Stangenbohnen oder Käfern nicht mehr Halt machen.

Er hatte eine Wiese im Sauerbachtal ausgesucht, in der Nähe eines idyllischen Bachlaufs unterhalb der Straße von Herhahn nach Einruhr. Ein verträumtes Fleckchen Erde, das nur selten von störenden Wanderern frequentiert wurde. In der Höhe konnte man undeutlich die Geräusche des vorbeirollenden Verkehrs wahrnehmen, der sich über die Serpentinen schlängelte.

Ein Picknick.

Tante Traudel hatte zuerst minutenlang den Kopf mit der scharf geschnittenen Nase hin und her gedreht. Ihr langer, faltiger Hals hatte sich gewunden wie ein Lappen, den man auswrang. Sie hielt Ausschau nach der Sensation. »Ein Picknick?« Sie schürzte die Lippen und machte sich widerwillig daran, die Mitbringsel aus dem großen Korb zu bergen. »Nur ein Picknick?«

»Ach, Tante Traudel, muss es denn immer ein Abenteuer sein? Guck dich um. Die Vögel, der Bach, die Bäume … Lass uns die letzten Sommertage nutzen.«

Tante Traudel maulte leise weiter und packte Brot, Käse und Wurst aus.

»Na, dann machen wir's uns mal gemütlich!« Tante Franzi holte eine weitere Flasche aus ihrer Handtasche. Sesamlikör. Rieb man sich mit so was nicht besser ein? »Likörchen, Paulchen?«

Paul winkte ab. »Das Auto …« Er fischte einen Hähnchenschenkel aus der Tupperdose.

In diesem Moment geschah etwas, das augenblicklich einen goldenen Schimmer der Verzückung auf Tante Traudels Gesicht zauberte.

Das Brummen eines Fahrzeugs, das anscheinend von Südwesten her näher gekommen war, veränderte sich abrupt, das Motorengeräusch schwoll an, wurde brüllender, dann krachte und knasterte es irgendwo im Geäst hinter ihren Köpfen, und begleitet von prasselndem Geröll, Laub, zerberstenden Ästen und dem kreischenden Geräusch zerschleißenden Blechs brach aus dem Dickicht, das Tal und Serpentinenstraße voneinander trennte, etwas hervor, das wie ein silberner Opel Astra aussah.

Tante Franzi schluckte aufgeregt ihren Likör, während das sich mehr und mehr verformende Fahrzeug zuerst mit dem Kühler aufschlug, sich dann seitwärts drehte, ein paar Meter auf der Beifahrerseite übers Gras schlitterte und schließlich unweit des Bachs zur Ruhe kam und nahezu gemächlich auf das Dach kippte. Das Motorengeräusch war verstummt, zwei der vier Räder drehten sich noch träge. Das vierte ragte grotesk abgewinkelt in die Luft.

Paul starrte mit offenem Mund zu dem Fahrzeugwrack hinüber.

Während Tante Franzi noch die Likörflasche verschraubte, hatte sich ihre Schwester bereits aufgerappelt und stapfte mit weit ausholenden Schritten durch das hohe Gras auf den Wagen zu.

»Aber du kannst doch nicht …« Man kannte das doch aus Filmen. Fahrzeuge in solchen Situationen pflegten stets zu explodieren. Natürlich hatte Paul auch gehört, dass das ausgemachter Unsinn war, aber wer konnte schon wissen … Er beeilte sich, seiner Tante hinterherzusetzen. »Tante Traudel …«

»Wartet auf mich!«, jubelte Tante Franzi.

Es roch nach Benzin. Es roch gefährlich.

»Kommt da weg, ihr beiden!«, rief Paul, und seine Stimme gab das Vibrato seiner Nerven wieder. Und dann sah er das, was auch seine Tanten sahen: Geld. Viel Geld. Es quoll aus zwei Plastiktüten im hinteren Teil des Wagens. Ein paar einzelne Scheine sanken langsam auf den zu unterst gekehrten Wagenhimmel.

»Da!« Tante Franzi wies auf die Böschung, auf der der Wagen zu Tal gepoltert war. Eine weitere Tüte. Aldi. Weiteres Geld. Verweht, verstreut auf der Wiese, zwischen den Büschen, unterhalb des Gesträuchs, das sich längst wieder zu einem grünen Wall geschlossen und dabei die verräterische Unfallspur von der Straße hinunter zu ihnen verschluckt hatte. Tante Franzi begann, das Geld aufzulesen. Sie war über siebzig, aber sie war ein wieselflinkes, kleines Reptil.

Auch Tante Traudel langte gleich durch die zerborstene Heckscheibe in das Innere des Fahrzeugs und zerrte an den Plastikbeuteln.

»Lass das, Tante Traudel, um Himmels willen, lass das bitte sofort sein ...«

»Er braucht es doch nicht mehr!«, raunzte sie und zupfte weitere Scheine hervor.

»Wer?«

Der Mann hing reglos im Gurt des Fahrersitzes. Aus einer gewaltigen Kopfwunde tropfte Blut. Der Mund war weit geöffnet, die Augen waren starr und glasig ins Nichts gerichtet. Ein tätowierter Arm baumelte durch das offene Seitenfenster heraus, und Paul zwang sich, mit zitternder Hand nach dem Puls zu tasten. Genauso gut hätte er das bei dem Hähnchenschenkel machen können. Bei beiden wären Wiederbelebungsversuche zwecklos gewesen. Da war nichts mehr zu machen.

Er spähte in den Innenraum.

Was war das? Eine Pistole? Ja, das war eine Pistole. Und da war auch eine glimmende Zigarette, von der ein feines, weißes Rauchband aufstieg. So zart und elegant, als habe es mit dem Blut, dem Geld und den gierigen Tanten nicht das Mindeste zu tun.

Der Benzingeruch wurde stärker. Paul spürte, wie sich seine Nackenhaare sträubten. Die Zigarette hatte in diesem Moment das hauchdünne, zusammengeknüllte Papier eines Cheeseburgers in Brand gesetzt, das neben die Sonnenblende des Beifahrerplatzes gekullert war. Und im nächsten Moment erfassten die kleinen Flammen eine gleich daneben liegende Schachtel Streichhölzer. Ein gemütlich knisterndes Feuerchen machte sich breit.

»Tante Traudel!!!«

»Nur noch ein paar Scheinchen!«

»Tante Franzi!!!«

»Hab's gleich, Paulchen!«

Es gelang Paul mit Mühe, seine Tanten dazu anzutreiben, in aller Eile die Spuren ihres Picknicks zu beseitigen, wobei Tante Traudel darauf bestand, jeden noch so kleinen Rest der Eierschalen aus dem Gras aufzulesen. »Wegen der DNA!«

Es gelang ihm auch, Tanten und Tüten in seinem Golf zu verstauen, der ein paar Schritte weiter geparkt stand, wobei er Tante Franzi unterwegs von einem Brombeergestrüpp, das prachtvolle, schwarze Früchte zur Verarbeitung zu Likör anbot, geradezu mit Gewalt wegdrängen musste.

Es gelang ihm schließlich, den Wagen zu starten, ohne darüber nachzudenken, was er da eigentlich tat.

Es gelang ihm, zur Straße hinaufzufahren, ohne die Nerven zu verlieren.

Es gelang ihm, ungesehen den Weg in Richtung Gemünd einzuschlagen, als plötzlich in der Ferne undeutlich ein dumpf grollendes Geräusch durch das Tal brandete.

Tante Franzi fragte vom Rücksitz: »Likörchen, Paulchen?«

Es waren 278.000 Euro. Eine mit knochigen Fingern am Küchentisch abgezählte Summe, die im Großen und Ganzen von den Meldungen im Radio bestätigt wurde. Das Geld war ausgerechnet in der Bankfiliale erbeutet worden, die sich schräg gegenüber vom Haus der Tanten in der Fußgängerzone Gemünds befand. Welch Ironie!

Es gab zwei Dinge, die Paul überaus verstörten. Zum einen war da die Tatsache, dass seine beiden Tanten offensichtlich keinen noch so geringen Skrupel verspürten, so viel Geld zu behalten, das ihnen gar nicht gehörte. Tante Traudel argumentierte kühl, dass es wenige Minuten später ohnehin verbrannt wäre. Eine Viertelmillion Asche. Außerdem hätten sämtliche Banken dieser Erde durch ihr Benehmen in letzter Zeit ohnehin bei ihr verspielt – bis zur Steinzeit und zurück.

Dann war da eine Nachricht, die ihn ebenfalls beunruhigte: In die Bankfiliale, in der sich zum Monatsbeginn ungewöhnlich viel Bargeld befunden habe, sei nicht ein einzelner Täter hineinspaziert, sondern zwei, so hieß es im Fernsehen. Eine Leiche sei in einem ausgebrannten Fahrzeugwrack unweit des Ruhrsees gefunden worden. Wo war der zweite Ganove abgeblieben? Das fragten sich nicht nur die Journalisten, die Bänker und die Polizei. Auch Paul hätte das ganz gerne gewusst.

Tante Franzi, die gerade dabei war, ihren Kiefernspitzenlikör auf Flaschen zu ziehen und ab und zu eine Stichprobe davon nahm, kicherte unbedarft und erklärte, dass niemand sie am Unfallort gesehen habe. Kein Verbrecher und keine Polizei. Sie nicht, sein Auto nicht und auch nicht das Geld.

Schließlich sahen ihn seine Tanten ernst an und legten die Gesichter in tausend nachdenkliche Falten. »Eins muss aber nun mal klar sein, mein lieber Neffe.« Tante Traudel legte ihm den Finger auf die Brust. »Das Letzte, was wir jetzt gebrauchen können, ist großes Aufhebens.«

»Was wir meinen«, fuhr Tante Franzi fort und verengte die rosinenkleinen Äugelchen zu Pfefferkörnern. »Dass wir zu Geld gekommen sind, darf niemand wissen.« Sie legte den Finger auf die gespitzten Lippen.

»Ich bin nicht zu Geld gekommen«, protestierte Paul. »Ich habe meine Arbeit im Büro, meine kleine Wohnung, ich will damit nichts …«

»Papperlapapp!«, herrschte ihn Tante Traudel an und reckte ihren langen Hals. »Du steckst mit drin, mein Junge. Wir teilen durch drei. Aber erst, wenn Gras über die Sache gewachsen ist, hörst du?«

Es gingen ein paar Wochen ins Land, in denen das Gras ein wenig wuchs, und die Meldungen in den Zeitungen und im Rundfunk wurden seltener. Manchmal kam es Paul so vor, als sei das alles nur eine völlig verdrehte Phantasie gewesen. In seiner kleinen Wohnung in Olef war er weit genug weg von seinen beiden Tanten, um auf andere Gedanken kommen zu können. Es gelang ihm fast, sich zu entspannen und das Gewesene zu vergessen.

Die Schatten der Vergangenheit krochen erst allmählich wieder an ihn heran. Und zwar auf gänzlich unerwarteten Wegen.

Der greise Herr Döhler, der seinen Lebensabend im Seniorenwohnheim verlebte, und der seit vielen Jahren mit seinem ungebrochenen Charme die beiden alten Tanten umwarb, bretterte plötzlich um die Mittagszeit auf einem Quad durch die Innenstadt von Gemünd an ihm vorbei. Wo war sein Rollator geblieben?

Auch der Hausarzt der Tanten bewegte sich plötzlich schneller fort. Mit seinem BMW Cabriolet hupte er Paul fröhlich zu, der am Zebrastreifen stand.

Die Parkbank im Kurpark von Gemünd, auf der die Tanten ihre regelmäßigen Spaziergänge stets für eine kleine Verschnaufpause zu unterbrechen pflegten, war gepolstert und mit einem kleinen Baldachin aus verschnörkeltem Gusseisen versehen worden.

Wann immer Paul seine Tanten in diesen Tagen zu einem Ausflug abholen wollte, wurde ihm gesagt, sie seien bereits anderweitig unterwegs. Hinterher bekam er Fotos von jubelnden Seniorengruppen gezeigt, die die Wildwasserbahn im Vergnügungspark okkupiert hatten oder eine Rundfahrt durch den Hamburger Hafen machten. Er ahnte, wer das Vergnügen finanziert hatte, verkniff sich aber, seine Tanten an die gebotene Vorsicht zu erinnern.

Er sah auch Fotos vom Altennachmittag im Seniorenheim und erkannte inmitten der ungewohnt entfesselten Greisenschar drei fast nackte dunkelhäutige Stripper. Rasch blätterte er weiter zu den anderen Fotos.

Als er sich angesichts des Strandpanoramas auf einigen der Fotos bei seinen Tanten erkundigte, wann sie denn zuletzt an der Côte d'Azur gewesen seien, bekam er die lapidare Antwort: »Übers Wochenende.« Tante Franzi bot ihm einen Likör aus den Früchten eines Hartlaubgewächses an, das im Süden prächtig gedieh.

Das Haus der Tanten wurde bonbonfarben angestrichen, isolierverglaste Fenster wurden eingesetzt, und ein Lift wurde eingebaut.

Einmal glaubte er die beiden im Fernsehen entdeckt zu haben. Im Publikum einer Zaubershow, die aus Las Vegas übertragen wurde. Das konnte natürlich nicht sein. Oder doch?

Der kleine Laden in Schleiden, in dem seine Tanten stets den Alkohol für die Likörherstellung kauften, hatte plötzlich eine nagelneue Registrierkasse. Der Opferstock in der katholischen Kirche von Gemünd quoll in letzter Zeit häufig über.

Die Russenfamilie aus dem Erdgeschoss im Haus der Tanten schickte ihm unerwartet eine Postkarte von den Malediven. Alle sechs Kinder unterschrieben darauf. Sie machten mehrere Kreuzchen an den Balkonen eines unglaublich teuer aussehenden Luxushotels. *Das sind unsere Zimmer*, hatten sie daneben geschrieben.

Eines Tages klingelte es an Pauls Haustür, und als er den Knopf der Sprechanlage drückte, hörte er am anderen Ende nur ein unterdrücktes Kichern. Als er verunsichert den Türöffner betätigte und die Tür zum Treppenhaus öffnete, um nachzusehen, wer ihn besuchen kam, vernahm er klackernde

Absätze auf den Steinstufen. Wenige Augenblicke später sah er sich zwei jungen Damen gegenüber, die für die herbstliche Jahreszeit ungewöhnlich dünn angezogen waren. Ihr Parfüm war mindestens ebenso atemberaubend wie ihre Kurven, und sie wendeten eine Magnumflasche Champagner in ihren Händen. Sie stellten sich als Carmen und Nadja vor und fassten ihn gleich sehr vertraulich an. Woher sie seinen Namen wussten, ahnte er nicht gleich. Da er zur Höflichkeit erzogen worden war, bat er sie in seine Wohnung und registrierte verwundert, dass sie sich gleich wie zu Hause fühlten und noch ein paar Kleidungsstücke mehr ablegten. Irgendwann entschlüpfte es der dunkelhaarigen Nadja mit dem reizenden russischen Akzent, dass sie für die ganze Nacht bezahlt worden waren. Aber da war es Paul dann auch schon egal.

Er schrieb seinen Tanten einen Brief. So konnte das nicht weitergehen! Sorgsam bemühte sich Paul darum, seine schriftliche Ermahnung eindeutig, aber nicht allzu verräterisch zu formulieren.

Leider kam sein Tadel zu spät. Noch bevor er den Brief hatte abschicken können, bekam er erneut Besuch. Der Mann, der im Türrahmen seiner Wohnung auftauchte, als er sich gerade mit dem Müllbeutel in der Hand auf dem Weg zur Tonne im Hof hatte aufmachen wollen, war weniger freundlich als die Damen und roch auch nicht so gut. In seinen Händen hielt er auch keinen Champagner, sondern eine Pistole. Und eben diese schlug ihm sein Besucher im nächsten Augenblick wortlos und ohne Vorankündigung ins Gesicht.

Wenig später fand sich Paul mit Kabelbindern an seinen Esszimmerstuhl gefesselt wieder.

»Wo ist der Schotter?«, fragte der bullige Kerl mit heiserer Stimme und bedachte Paul mit einem Blick, der so kalt war, dass er damit das Thermometer zum Fallen hätte bringen können. »Weißt du, Junge, das ist so eine Frage, die ich nur ein einziges Mal stelle. Dein Auto ist gesehen worden. Da, wo Benno den Unfall gebaut hat, wo ich aus dem Auto geflogen bin. Ich will keine blöden Ausflüchte und keine Lügen hören. Ich will meine Kohle und habe keine Angst, dir mit dem Ding hier ein drittes Nasenloch zu schießen.«

Er wedelte mit der Pistole und entkorkte gleichzeitig mit den Zähnen eine Flasche, die auf dem Sideboard gestanden hatte. Paul, dem immer noch der Kiefer schmerzte, brachte zunächst nur ein paar krächzende Laute heraus.

Der Fremde trank und verzog angeekelt den Mund. »Wassn das?«

»Brennnesselikör«, krächzte Paul. »Welches Geld?«

Der Fremde antwortete mit einem neuen Schlag und erinnerte Paul an die Spielregeln.

Dann schlenderte er durch die Wohnung. »Ärmliche Bude. Bist'n Schlauer. Hast das Geld gebunkert, bis kein Hahn mehr danach kräht …«

Paul dachte in diesem Moment daran, dass dann, wenn keine Hähne mehr krähen würden, seine Tanten längst das Geld bis auf den letzten Heller verjubelt haben würden.

»Nu mach schon, du Heini. Wer war mit dir im Auto? Ihr wart zu dritt.«

In diesem Moment sah Paul ungewollt und unkontrolliert zu dem gerahmten Foto auf dem Fernseher hinüber, auf dem Tante Traudel und Tante Franzi fröhlich und faltenreich in die Kamera lächelten. Der Fremde registrierte den Blick sofort, und seine Mundwinkel kräuselten sich augenblicklich nach oben. Und als er im nächsten Moment den Briefumschlag fand, der an die beiden Tanten adressiert war, zeigte er sogar seine Zähne.

Nachdem er gegangen war, versuchte Paul, mit dem Stuhl zum Telefon zu hüpfen. Er schaffte es bis zur Teppichkante, geriet ins Straucheln und kippte nach vorne, wobei er mit der Nase ungebremst auf die Kante des Sideboards krachte. Und dann wurde es ihm erneut schwarz vor den Augen.

Paul kam zu spät. Mehrere Stunden zu spät. Im Treppenhaus des bonbonfarbenen Hauses in Gemünd erwartete ihn eine völlig aufgelöste Tante Traudel, die soeben den Hausarzt verabschiedete, dessen Cabrio Paul auf dem Parkplatz gesehen hatte.

»Er hat einen Herzinfarkt diagnostiziert.«, murmelte sie. »Die arme Franzi. Dieser brutale Mensch hat sie so verängstigt.«

»Wo ist er hin?«, fragte Paul angstvoll.

»Ich habe ihm das restliche Geld gegeben, und nun ist er hoffentlich für immer verschwunden. Was ist denn mit deiner Nase?«

Paul winkte seufzend ab und machte dem Bestatter Platz, der gerade mit seinen zwei Mitarbeitern aus dem neuen Lift trat. Hatte der nicht früher eine Glatze gehabt? Der Mann nickte grinsend, wohl ahnend, was in Pauls Kopf vorging. »Echthaar. Eingepflanzt. Sündhaft teuer. Sieht man gar nicht, oder?« Die beiden Arbeiter kämpften sich unterdessen mit dem Zinksarg durch die Wohnungstür. Der Bestatter zeigte Paul zwei Narben am Kinn. »Und hier … bisschen straff gezogen. Und hier … Fett weg. Abgesaugt.« Er klopfte sich auf den Bauch und machte ein schlürfendes Geräusch. Dann legte er Paul vertraulich den Arm um die Schulter. »Jetzt gehen sie mal schön nach Hause. Wir machen das hier schon. Ihre Tanten haben schon frühzeitig an alles gedacht. Alles bestens vorbereitet.«

Paul wollte noch protestieren, versuchte noch, an dem Bestatter vorbei in die Wohnung zu spähen und konnte undeutlich erkennen, wie Tante Traudel mit einer von Tante Franzis geliebten Likörflaschen im Gäste-WC verschwand. Es roch nach Pilzen. Bevor ihm die Tür vor der Nase verschlossen wurde, hörte er im Hintergrund noch das Rauschen der Spülung.

Tante Franzi wurde ungewöhnlich eilig und ungewöhnlich heimlich auf dem Gemünder Friedhof beigesetzt. Der Bestatter erledigte die Zeremonie unspektakulär aber sorgfältig. Wieso brauchten die für den Sarg der kleinen Tante Franzi sechs Träger? Ganz am Rande registrierte Paul, dass sich der Bestatter offenbar auch die Ohren hatte anlegen lassen.

Tante Traudel schrieb ihrem Neffen eine Woche später eine Postkarte aus Miami:

Lieber Neffe!

Hier ist es so wunderschön, dass ich beschlossen habe, zu bleiben. Da ich mir noch ein bisschen Geld auf die hohe Kante gelegt habe, wird es sicher für meine restlichen Tage reichen. Vielleicht kommst du mich hier mal besuchen? Wenn du willst, schicke ich dir Geld für ein Ticket. Du hast so viel für uns getan. Möglicherweise möchtest du ja sogar für länger bleiben.

Es grüßt dich herzlich
Deine Tante Traudel.

Und da stand noch etwas. Die Schrift war ganz zittrig und sehr winzig. Paul musste ans Fenster treten, um die Worte erkennen zu können. Er las: *Likörchen, Paulchen?*

Die Autoren

Ulrike Blatter, geboren 1962 in Köln, lebt heute im süddeutschen Gottmadingen. Sie veröffentlichte ein Kinderbuch, Fachartikel zum Jugendschutz in diversen Zeitschriften und mehrere Kurzgeschichten in Krimi-Anthologien. 2008 erschien ihr Romandebüt *Vogelfrau*, Auftakt einer Krimi-Reihe mit Kommissar Bloch.

Harald Bongart, geboren 1964, studierte Geschichte und Germanistik, lebt als Beamter in Bad Münstereifel. Er beschäftigt sich mit der Erforschung des Alltags vom Spätmittelalter bis zum Ende des 18. Jahrhunderts und veröffentlichte zuletzt Aufsätze zur Herkunft des Martinswecken und zur rechtlichen Bedeutung von Essen und Trinken im Mittelalter. Er ist Mitarbeiter des Nordrheinischen Klosterbuches. Außerdem schreibt er Schauergeschichten (u.a. für die Anthologien *Abendgrauen I* bis *III* bei KBV) und vor allem Kurzkimis. Seine Short-Storys erschienen u.a. bei KBV, Scherz und Grenz-Echo. Außerdem ist er der Autor von *Des Eifelers subversives Wörterbuch* (KBV, 2008).

Guido M. Breuer wurde 1967 in Düren geboren. Er wuchs in Düren und in der Nordeifel auf. Nach einer Ausbildung zum Bankkaufmann und anschließendem Wirtschaftsstudium arbeitet er heute als selbstständiger Unternehmensberater und lebt mit seiner Familie in Boich am Rande der Nordeifel. Seine Tatorte befinden sich vornehmlich in den Tälern und Höhen von Nideggen bis Monschau. Dort ermittelt auch sein Lieblings-Protagonist Opa Bertold, der sich erstmals im Frühjahr 2009 mit *All die alten Kameraden* in das kriminalistische Geschehen der rauhen Eifel einschaltete.

Seit 1998 schreibt **Carola Clasen** Kriminalromane, die in der Eifel spielen. Auch mit ihren Kurzgeschichten und Lesungen hat sie sich einen Namen in der Region gemacht. Die »Queen of Eifel Crime« ist Mitglied im Syndikat, lebt und arbeitet in Hürth. Im Herbst 2009 erscheint *Spiel mir das Lied vom Wind*, ihr sechster Roman mit der eigenwilligen Kriminalkommissarin Sonja Senger.

Stephan Everling, geboren 1963 in Bonn, Diplom-Volkswirt und ausgebildeter Jazzgitarrist, der sich nach etlichen Jahren auf diversen Bühnen auf das Schreiben verlegte. Neben dem Köln-Krimi *Mitternachtsmosaik* und den *Kölner Katzengeschichten* schrieb er für Kabarett und Fernsehen. Sein Buch *Kölner Hundegeschichten* ist inzwischen eine gesuchte Rarität. Mittlerweile ist er nach Schleiden in der Eifel gezogen und lässt sich dort von der wunderschönen Natur und den einmaligen Eifelern inspirieren.

Carsten Sebastian Henn, geboren 1973 in Köln, lebt als Schriftsteller und Weinjournalist in Hürth. Seine Leidenschaft für Wein & Crime schlug sich bisher in mehreren Sachbüchern und seinen fünf kulinarischen Kriminalromanen um den Koch, Besitzer eines Renommierrestaurants und Detektiv Julius Eichendorff nieder. Seine neue Reihe um die tierischen Ermittler Niccoló und Giacomo schaffte es bis auf die Spiegel-Bestsellerliste.

Rudolf Jagusch, geboren 1967 in Bergisch Gladbach, lebt mit seiner Familie in Bornheim im Vorgebirge. Als Schreibtischtäter hat er neben einer Regionalkrimireihe auch bereits einige Kurzkrimis verbrochen. 2006 gewann er mit seiner Kurzgeschichte *Promesso? Si!* den Germanwings Story Award.

Mehr über den Autor und seine mörderischen Gedanken auf www.tatort-vorgebirge.de.

Martina Kempff, 1950 geboren, war Reporterin bei *Berliner Morgenpost, Die Welt* und *Bunte,* bevor sie für mehrere Jahre nach Griechenland und später nach Amsterdam zog. Dort arbeitete sie als Übersetzerin und freie Journalistin und schrieb ihre ersten historischen Romane. Vor sieben Jahren schlug sie ihre Zelte in Hallschlag auf und machte somit die Eifel zum Tatort ihrer dreiteiligen Karolinger-Saga *Die Königsmacherin, die Beutefrau und die Welfenkaiserin*. Direkt vor ihrer Haustür, im Grenzort Kehr, ist auch ihr erster Krimi *Einkehr zum tödlichen Frieden* angesiedelt, der in diesem Jahr im Piper Verlag erschienen ist.

Thomas Kiehl, geborgen 1971 in Hamburg. Er lebt als Rechtsanwalt und Freier Autor in Köln.

Ralf Kramp, geboren 1963, lebt als Krimiautor und Veranstalter der Krimi-Erlebniswochenenden »Blutspur« im Herzen der Eifel. Für sein Debüt »Tief unterm Laub« erhielt er 1996 den Förderpreis des Eifel-Literaturfestivals. In »Spinner« (KBV) betrat zum ersten Mal Herbie Feldmann die Szene, der glücklose Held, dem ein nur für ihn sichtbarer Begleiter namens Julius stets auf dem Fuß folgt. Kramp veröffentlichte seither zehn Kriminalromane und etliche schwarzhumorige Kurzkrimis. 2002 erhielt er den Kulturpreis des Kreises Euskirchen. Mit seiner Frau Monika leitet er zusammen »Das Kriminalhaus« (unter anderem befindet sich hier das »Deutsche Krimi-Archiv« mit etwa 26.000 Bänden.)

Erika Kroell lebt und arbeitet als Rundfunk-Journalistin und Schriftstellerin im Ahrtal. Sie hat mehrere Kriminalromane und phantastische Romane verfasst und ist Autorin zahlreicher Kurzgeschichten, die ebenfalls in diesen beiden Genres angesiedelt sind. Sie ist Mitglied im Deutschen Sherlock-Holmes-Club, bei MinD, bei den »Sisters in Crime« und im Verband Deutscher Schriftsteller (VS).

Tatjana Kruse, Jahrgang 1960, wohnt und arbeitet in Schwäbisch Hall, aber wie sagte schon Grönemeyer: Heimat ist kein Ort, Heimat ist ein Gefühl. Insofern ist sie Eifelerin. Eifelanerin? Liebhaberin der Eifel! Seit fast zehn Jahren schreibt sie Kriminalromane, zuletzt *Nur ein toter Maler ist ein guter Maler* und *Kreuzstich, Bienenstich, Herzstich*.

Alexander Kuffner, geboren 1974 in der Nordeifel, lebt in Köln und verdient sich seine Mahlzeiten als Journalist und Autor. Nebenbei wirkt er als Fotograf. Veröffentlichungen: Kurzgeschichten in diversen Anthologien sowie die zeithistorischen Reiseführer *Zeitreiseführer*.
www.zeitreisefuehrer.de

Anke Laufer, geboren 1965 in Villingen, Schwarzwald. Abitur 1985. Ethnologie- und Politikstudium in Freiburg im Breisgau. Feldforschungen in Lima, Peru. Promotion 1998. Jobs als freie Korrektorin, Redakteurin und Projektkoordinatorin im Verlagswesen. Literarische Veröffentlichungen seit 2006, vor allem im Rahmen von Literaturwettbewerben. Schwäbischer Literaturpreis 2007 für die Erzählung *Der Papiervater*. Anke Laufer ist verheiratet und hat zwei Kinder. Sie lebt mit ihrer Familie in einem Dorf zwischen Tübingen und Reutlingen.

Nicole Mahne, geboren 1972 in Verl, studierte Germanistik, Linguistik und Pädagogik in Bielefeld. Anschließend Promotion zur Erzähltheorie. Wissenschaftliche und literarische Veröffentlichungen seit 2003, erhielt 2007 den Barnimer Kinder- und Jugendliteraturpreis.

Stefan Valentin Müller, geboren 1962 in Aschaffenburg, studierte in Leipzig am Deutschen Literaturinstitut angewandte Literatur. Er veröffentlichte Kurzgeschichten in diversen Literaturzeitschriften und Anthologien. Seit 2001 mehrere Buchveröffentlichungen, darunter 2008 der Kriminalroman *Schlachthofsymphonie*. Der Autor lebt mit seiner Tochter in Aschaffenburg, seiner Heimatstadt, nachdem er zwanzig Jahre hier und da wohnte.

Nele Peerenboom wurde 1989 im beschaulichen Bielefeld geboren; seit 2007 lebt und arbeitet sie in Berlin. Sie verfasst seit ihrem 17. Lebensjahr Kurzgeschichten, Novellen und Romane unterschiedlichster Genres, darunter der Thriller *Das zahme Kaninchen* (2007) und der Kinder- und Jugendroman *Jule und die Tierpolizei* (2008). Unter ihrem Pseudonym Kollja Kirschbaum wurde bereits die Phantastik-Geschichte *Die Bürde* veröffentlicht.

Theo Pointner, geboren in Bochum, nach dem Abitur Zivildienst, eine kaufmännische Ausbildung und Studium der Betriebswirtschaften. Inzwischen neun veröffentlichte Romane und zahlreiche Kurzgeschichten. Weitere (Un-)Taten sind angekündigt. Im Hauptberuf als Medizincontroller an einem Klinikum in Duisburg tätig.
www.theopointner.de

Manfred Reuter, Jahrgang 1957, gebürtiger Eifeler, Journalist beim *Ostfriesischen Kurier* auf Norderney, verheiratet, drei Kinder, lebt in einem kleinen Dorf in der Nähe von Aurich. Ausbildung zum Redakteur in Aurich/Ostfriesland und an der Akademie für Publizistik in Hamburg. Weitere Stationen in Köln, Oldenburg, Münster, Bremen und Trier. Er ist Mitglied im Syndikat. 2009 erscheint mit *Lass mich für dich sterben* nach *Fluchtwunden* und *Der Kirchenmann* sein dritter Titel im Programm des KBV.

Michael Rossié, geb. 1958 in Köln und aufgewachsen in Süchteln am Niederrhein, von wo fast alle Schulausflüge in die Eifel führten. Nach vielen Zeltlagern und Jugendfreizeiten in der Eifel lebt er jetzt seit knapp dreißig Jahren als Schauspieler, Coach und Autor in München. Er verfasst Drehbücher für Fernsehserien und schreibt regelmäßig Kurzkrimis für Anthologien und Zeitschriften. Rossié ist Mitglied im Syndikat. 2006 wurde er für den Kurzkrimi-Glauser nominiert, 2008 gewann er den Literaturpreis »Timmendorfer Strand«. Außerdem war er für den Agatha-Christie-Krimipreis 2009 nominiert.

Klaus Stickelbroeck, geb. 1963 in Anrath, lebt in Kerken am Niederrhein und arbeitet als Polizeibeamter in Düsseldorf. Seinen ersten Kurzkrimi veröffentlichte er im Jahr 2000. Vier Jahre später belegte er mit der Story *Wer stiehlt schon einen Song?* beim Krimiwettbewerb der Düsseldorfer Jazz-Rallye den dritten Platz. Mit *Fieses Foul* erschien 2007 sein erster Kriminalroman, 2008 erschien sein zweiter Hartmann-Krimi *Kalte Blicke* (beide KBV).

Uwe Voehl, geboren 1959, lebt in Bad Salzuflen und arbeitet nach einem Wirtschaftsstudium als Werbetexter und Schriftsteller. Bereits seit den 1970ern schreibt er Beiträge und Exposés für zahlreiche Romanheftserien. Seine Erzählungen und Kurzgeschichten wurden mehrmals mit Preisen ausgezeichnet. Zuletzt erschien von ihm bei KBV *Der Kuss der Medusa* (2009).

Der Herausgeber:

Jacques Berndorf, (Pseudonym des Journalisten Michael Preute) wurde 1936 in Duisburg geboren und wohnt in der Vulkaneifel. Als Journalist hat er früher sämtliche Krisenherde der Welt bereist, und als Autor spannender Kriminalromane hat er in der Eifel eine späte Heimat gefunden. Seine Romane um den Ermittler Siggi Baumeister haben mittlerweile eine millionenhohe Gesamtauflage erreicht, und regelmäßig erklimmen seine neuen Titel wie *Mond über der Eifel* oder *Der Bär* die Bestsellerlisten. Pfeifenraucher Berndorf kann ohne Katzen und Garten nicht gut leben und weigert sich, über Menschen und Dinge zu schreiben, die er nicht kennt oder nicht gesehen hat.